— 書き下ろし長編官能小説 —

半熟未亡人

庵乃音人

竹書房ラブロマン文庫

目次

※この作品は竹書房ラブロマン文庫のために
書き下ろされたものです。

第一章　未亡人の裸身

1

（ああ、菜月《なつき》さん）

痺れるほどの恋心に、身悶えしそうになった。

松尾陽一《まつおよういち》は惚れ惚れと、隣で手を合わせる美しい未亡人の横顔を盗み見る。

心を奪うその人は、そっと目を閉じ、仏さまに向かって祈りを捧げていた。

白石《しらいし》菜月。

それが、清楚な未亡人の名前だった。

「何を祈っていたんですか？」

参拝がすむと、本堂を離れながら、陽一は菜月に聞いた。菜月はちらっと陽一を見ると、はにかんだような微笑を浮かべる。

「内緒」

「あ、なんですかそれ」

「ウフフ、陽一くんはどんなことを祈ったの」

「それは……」

小首を傾《かし》げて問いかけられ、答えに窮《きゅう》した。だってまさか――、

『この旅行が縁で、菜月さんとの仲が少しでも進展しますように』

と祈っていたなどと、言えるわけもない。

「俺も内緒です」

「あら、意地悪ね」

「お互い様です」

「ウフフ……」

陽一の軽口に、菜月はおかしそうに目を細めた。

そんな菜月の笑顔は、初めて彼女と出会った大学時代――今から六年前とちっとも変わっていない。

菜月は今年、二十七歳。

清楚という言葉がこれほど似合う女性も、そうはいなかった。

色白の小顔に、雛《ひな》人形を思わせる和風の面差し。

背中まで届くストレートの黒髪は、濡れたような艶《つや》と輝きを持っている。

その上、気品に満ちた美貌の通り、性格も優しく、慎ましやかだった。

学生時代から男たちの人気の的《まと》で、何人もがアプローチをしては、片っ端から玉砕していた。

しかし、陽一にそんな彼らを笑う資格はない。玉砕を覚悟で名乗り出る勇気すら、当時の陽一にはなかったのだから。

「あ、菜月さん、これ回すんでしたよね」

参拝の記念にと、御朱印所に向かおうとした菜月を、陽一は呼び止めた。彼が指さすのは、賑やかな境内《けいだい》で本堂と同じぐらいの人を集める、六角堂の建物だ。

ここは、関東から遠く離れた東北の温泉街。

陽一と菜月は今、その街有数の観光スポットである、由緒正しき古刹《こさつ》を訪れていた。

桜の名所としても知られるその寺は、茅葺《かやぶ》き屋根を持つ本堂も堂々たるものだったが、江戸時代に造られたという六角堂も、観光情緒を刺激する魅力に溢れていた。

六角堂は、往時の地蔵尊信仰を偲《しの》ばせる歴史的な建築物。

内部には六地蔵尊を祀《まつ》った回転台があり、参拝者は取っ手を握り、願い事を唱えながら、台を回すことができた。

この場所を訪れた者は珍しさもあり、多くの人々が実際に台を回して帰っていくという話だった。

「あら、そうだったわね」

水を向けられた菜月は好奇心を露《あら》わにして、陽一と二人、六角堂に向かう。

幸運にも順番待ちの行列はさほど長くなく、二人はすぐに自分たちの番を迎えた。

「じゃあ、俺、写真撮りますから」

陽一はそう言ってスマホを取りだし、カメラ機能をオンにする。

「え、陽一くんは？　一緒に回さないの？」

取っ手を手にした菜月は目を見開き、恥ずかしそうに身じろぎをする。

「俺はいいです。せっかくなんで、記念にバッチリ撮っておきますよ。心おきなく回してください」

陽一は少し離れて場所を決め、菜月に破顔した。

「そ、そう？　何だか、恥ずかしいな……」

「いいじゃないですか。ほら、菜月さん。早く」

スマホを構えて、陽一は菜月を煽《あお》った。

「うーん、しかたないなぁ。えい……」

すると菜月は、はにかんだような笑みをこぼし、取っ手を握ったままゆっくりと堂内を歩きだす。

菜月に動かされ、六体の地蔵菩薩《ぼさつ》が彼女と一緒になって回転し始めた。

掲示された説明書きによれば、左回りに三周、願い事を唱えながら回すと、大きな御利益があるのだという。

陽一は菜月にスマホを向け、カシャッ、パシャッとシャッターを切った。

（ああ、菜月さん）

夢中になって写真を撮りながら、陽一の胸は甘酸っぱく締めつけられていた。

こんな風に誰憚《はばか》ることなく、この人にカメラを向けることができるなんてと、天にも昇る気分だった。

「菜月さん、こっち見て」

「陽一くん。私、恥ずかしい」

「いいから、ほら」

陽一に求められ、照れ臭そうに白い歯をこぼして、菜月はこちらを見る。

そんな菜月の恥じらいに満ちた仕草の一つ一つに、鳥肌立つ思いになった。スマホのモニター画面に映る二十七歳の未亡人は、震えがくるほど美しい。

しかも――。

(ああ、菜月さん……やっぱり、お……おっぱい大きい!)

画面に映る菜月をアップにし、陽一は思わず目を見開いた。

シャッターを切る指はさらに速さを増し、何枚も何枚も、おっぱい中心の画像を撮影してしまう。

今日の菜月の装《よそお》いは、襟《えり》ぐりが丸く開いたシフォン素材の白いバルーンブラウスに、膝丈の黒いギャザースカートだった。

楚々とした彼女の魅力を何倍にも引き立たせる、清潔感いっぱいの出で立ちである。

だが陽一は、もはやその胸元に盛り上がる、たわわな膨らみにしか目がいかない。

彼の目測では九十センチ、Gカップは確実にある、文字通りの巨乳だった。そんな圧巻のおっぱいが、ちょっと動くたびにたっぷたっぷと重たげに揺れる。

(ずおお……)

陽一はつい、仰《の》け反りながら呻《うめ》きそうになった。

菜月が女子大生だった時分から、その清楚な美貌とともに男子学生たちのハートを鷲掴《わしづか》みにして放さなかった、魅惑の豊乳とむっちりした豊臀。

正直に言うなら陽一も、菜月の胸元で艶《なま》めかしく揺れる膨らみや、プリプリといやらしく揺れる大きなお尻を目にするたびに、何度股間が熱くなったか知れなかった。

しかし、自分なんかと菜月では、あまりにも彼我の差がありすぎる。

こんな素敵な人と結婚し、この人の大きなおっぱいやヒップを日ごと夜ごと、自分の好きにできる羨《うらや》ましい男性とはいったいどんな人なのだろう――そんな風に妄想し、まだ見ぬ菜月の未来の夫に嫉妬をして、眠れぬ夜を過ごした記憶は、今もずっと鮮明なままだった。

（ああ、菜月さん）

まさか自分の胸乳に、大人しいはずの後輩が欲情丸出しの視線を向けてシャッターを切っているなどとは夢にも思わないのだろう。

菜月は困ったような笑みを浮かべ、六地蔵と一緒に回りながら、こちらに向かって可憐な美貌を何度も向けた。

知らない人が見たら、とてもこの人が若くして未亡人になってしまった境遇にいるとは思わないだろう。

それほどまでに、菜月はいまだ初々《ういうい》しい、女子大生さながらのピチピチした魅力をたたえている。

そんな憧れの女性にドキドキと胸を高鳴らせながら、陽一はなおもパシャパシャと、続けざまにシャッターを切る。

そう。

菜月こそ昔から変わらぬ、陽一のただ一人の女神だった。

陽一は並々ならぬ期待とともに、今回のこの旅行を、ずっと心待ちにしていたのである。


『菜月先輩と三人で、温泉旅行に出かけない？』

大学時代の同期である瀬戸茜《せとあかね》からそう誘われたのは、一か月前——九月の終わりのことだった。

一年半ほど前に愛する夫を失い、ずっと失意の状態でいる先輩の菜月を二人で慰め、気分転換をさせてやろうというのが、茜の趣旨だった。

茜は、大学在学中から現在に至るまで、ずっと陽一と交流のある数少ない友人の一人。

大人しい陽一とは反対に、快活で明るく、ちょっぴり勝ち気なところもあるアクテイブな女性だった。

その姐御《あねご》的なキャラクターのせいもあり、茜も菜月と同様、学生時代はよくもてた。

そんな茜と自分が、どんなきっかけで交流を始めたのだったか、陽一はよく覚えていない。

だが、関東圏出身の学生が多かった彼らの大学で、同じ遠方からの上京で、不思議と馬があったのは事実であった。

そして、陽一が菜月とお近づきになれたのも、実は茜のおかげだった。

菜月と茜は、同じ女子ラクロス部の先輩後輩の間柄。

人懐っこい茜は当時から、菜月のことを「先輩、先輩」とよく慕い、彼女にまとわりついて行動をともにしていたのである。

そんな茜と菜月の仲は、大学を卒業してからも変わらなかった。

陽一の方は、社会人になってからは菜月とはちょっぴり疎遠になってしまったが、茜はずっと交流を続け、菜月に関するいろいろな情報を陽一にもたらしてくれた。

そうした茜からの思いがけない旅への誘いは、陽一にとっては願ってもない僥倖《ぎようこう》だった。

社会人になってから、はや二年。

希望していたＩＴ企業に就職することはできたものの、日々の忙しさに振り回される、味気ない毎日の繰り返しだった。

正直、恋をする暇もなければ、対象となる女性も身近にいない。

いや、たとえいたとしても、やはりそんな気には到底なれないというのが、偽《いつわ》らざる心境だった。

それというのも、大学時代に心ときめかせた菜月以上の女性など、そう簡単にはいなかったから。

だから、今回の茜の誘いは、まさに渡りに船だった。

陽一は二つ返事で茜の誘いを快諾し、万難を排して、この秋の三連休に望んだのである。

しかも、こんなことをいっては何だが、天はさらに陽一に味方してくれた。

あろうことか、出発の前日になって、茜に仕事上のトラブルが発生し、後から合流するから、とりあえず二人で先に出かけてくれという話になったのである。

茜は製薬会社に就職し、人事部の一員として働いていた。

仕事のトラブルとやらで、どうしても一日だけ休日出勤をしなくてはならなくなったのだった。

どうせなら、そのトラブルの解決が予想以上に手間取り、結局茜は旅行をキャンセルに……ということにでもなればよいのにな、などとつい思ってしまったのは、誰にも言えない陽一だけの秘密である。

「あっ……」

すると、陽一のスマホに電話があった。

噂をすれば何とやら。

たった今脳裏に思い浮かべていた、当の茜である。

陽一は菜月にそう告げ、慌てて電話に出た。

『ごめん、ごめん。すっかり遅れちゃった』

電話の向こうで、申し訳なさそうに茜が謝った。いや、もっと遅れてもらっても一向に構わないんだけどと、心の中で陽一は思う。

『どう？　菜月先輩と二人きりで、うまくコミュニケーション取れてる？』

「子供じゃないっての……」

本当に心配しているのか、奥手で引っ込み思案な陽一をからかっているのか、真意は分からなかった。

だが受話口から聞こえてくる明るい声に、陽一は思わず反発する。

『そっか。あはは。じゃあ、これから向かうから』

陽一の返事に快活に笑い、陽気な声で茜は言った。

「あ、そ、そう？」

少しばかりがっかりした陽一は、そんな本音が声色に紛れこまないよう注意した。

『うん。今駅に急いでる。夕飯は一緒にとれないと思うけど、ご飯の後、一緒に部屋で飲もうよ。菜月先輩にも、そう伝えておいて』

陽一の本音も知らず、気ぜわしげに茜は用件を伝える。

緊急事態に対処し終え、足早にオフィス街を歩いている茜の颯爽《さっそう》とした姿を、陽一は想像した。

「分かった。気をつけて」

『うん。悪いけどもうしばらく、菜月先輩のこと、よろしくね』

「分かってるって」

「じゃ……」

挨拶を交わして電話を切った。

六地蔵を回転させ終えた菜月は、柔和な笑みを浮かべながらこちらに近づいてくる。

(菜月さん)

茜がこの地に到着するまで、おそらくあと三、四時間。

菜月と二人きりの時間は、刻一刻と終わりに近づいてしまっていると思うと、陽一はちょっと寂しかった。

抜けるような秋晴れだった広い空が、茜色に変わりつつあった。

そろそろ宿へのチェックインの時間が迫っていた。

2

(次の新幹線に乗れれば、九時には着けるわね)

休日のオフィス街は閑散としていた。

茜は足早に歩を進めながら、新幹線の発車時間をスマホで確認する。

荷物をいっぱいに詰めこんだキャリーバッグを引っ張っていた。街路と擦れあうキャスターの音は騒々しく、しかもせわしない。

まるで茜の苛立《いらだ》つ心を、丸ごと伝えているかのように。

(まさか、こんな日に仕事が入っちゃうなんて)

無情にも休日出勤を命じた上司に、今さらのように怨み節を漏《も》らした。信号が赤に変わってしまい、時間を気にしてため息をつく。

茜は、人事関連の広告ツールを制作する仕事に携わっていた。

だが、制作途中である採用パンフレットの校正刷りの出校が遅れ、昨日中には終われるはずだったのが、一日延びてしまったのだった。

しかし大急ぎでチェックをしたその作業も無事に終わり、明日とあさっては、何とか人並みに休暇を満喫できそうである。

(時間は随分少なくなっちゃったけど、でも……まだまだ挽回できるわ。こんなチャンス、滅多にないんだもの)

なかなか変わらない信号に焦《じ》れ、貧乏揺すりをしそうになって慌ててやめる。

陽一の困ったような笑顔を思いだすと、心がざわついた。

(陽一……)

心の中で名前を呼ぶ。

心臓がキュンと甘酸っぱく疼《うず》いた。

茜はけっこう勝ち気なタイプのはずなのに、こと恋愛に関しては女友達が呆《あき》れるほど引っ込み思案だった。だから、茜の気持ちに陽一が気づいているはずもない。

学生時代から、一途《いちず》に彼を思い続けてきた。

長い付き合いの間には、茜としてはけっこう勇気を出してアプローチに近い真似までしたこともあった。

しかも、何度も。

だが、鈍感な陽一は、ちっとも気づいてくれなかった。

そのたび茜は顔が熱くなる思いにかられながらも何とかごまかし、何でもなかったふりをしてやり過ごしてきたのである。

しかし、いつまでもこんな状態のままでは、やはりいられない。十八歳で始まった片道通行の恋は、もうすぐ六年にもなろうとしている。

その上、田舎《いなか》の両親は、とうとう見合いの話まで茜に持ちかけだしていた。

『悪くないお相手よ？　お父さんの顔も立つし。ねえ茜、真剣に考えてちょうだい。だいたい、大学を出たら地元に帰ってくるという約束だったじゃないの』

話を断ろうとする茜に、電話口で母親は、なじるように言った。

まさか親との約束をたがえてまで東京に残った理由が、ずっと心惹《ひ》かれている男性がいるからだなどとは、さすがに言えない。

(菜月先輩、利用しちゃってごめんね)

信号が青に変わった。

横断歩道を足早に歩きながら、茜は菜月に謝る。

陽一には、未亡人である菜月を慰安するためだなどと伝えていたが——そして、もちろんそうした目的もまったくないではなかったが——実は茜は、今回のこの旅行を契機に、陽一との仲を一気に深めてしまいたいと決意していた。

そのことを菜月に相談すると、菜月はにこやかに微笑んで、

『いいじゃない。私でいいならどんどん利用して。お邪魔虫になっちゃって申し訳ないけど』

と、快《こころよ》く茜の背中を押してくれたのであった。

(勇気を出して、茜。このままじゃ……いつまで経っても仲のいい友達のままなんだから)

臆《おく》しそうになる自分に、そう檄《げき》を飛ばして叱咤した。

ストリート沿いに並ぶビルのガラス窓に視線を向ける。

そこに映る脚の長い、スタイル抜群の女は、誰がどう見たってけっこうイケているはずである。

秋風になびく栗色のロングヘアー。

涼しげで理知的な、切れ長の瞳。

鼻筋だって通っているし、そのくせ朱唇はぽってりと肉厚で、セクシーな色香を放っている。

しかも、自分で言うのも何だけれど、このスタイルにしておっぱいは巨乳だぞ。八十五センチ、Fカップもあるのである。

いやになるほど多くの男連中が、いつだってそわそわと落ち着かない視線を、茜の胸に注いでくる。

学生時代も、会社でも、通勤電車や街中にいても、いつも彼女はそうした男たちの視線にうんざりしながら生き続けているのである。

それなのに、どうしてあの鈍感な馬鹿男だけは、ちっとも興味なさそうにしているのだろう。

自分の身近にこんな素敵な女がいるというのに、どうして他の男たちのように、無様にうろたえたりしてくれないのだろう。

（陽一の馬鹿）

彼と出逢って以来、もう何万回呟《つぶや》いたか知れない同じ言葉を、またも茜は心中で呟いた。

――さあ、駅だ。

急がないと、一本乗り遅れてしまいそうだった。

コンコースへと続くエスカレーターに乗った。茜はじっとしていられず、キャリーバッグを地面から浮かせて、足早に階段を上り始める。

どうか素敵な旅になりますようにと、祈る思いで神にすがった。

3

「し、しかしすごい部屋ですね……」

仲居《なかい》が消えると、陽一は唖然として菜月に言った。

「ほんとね。私も、ちょっとびっくり……」

どうやら菜月も、同じことを思っていたらしい。陽一と目を合わせたうら若き未亡人は、可憐な瞳を見開いて、おかしそうに笑う。

今回の旅行について、主導権を握ってあれこれと決めたのは、ここにはいない茜であった。

行き先も、泊まる宿も、二泊三日の全行程も、すべて茜に一任し、彼女の思う通りにスケジュールを組んでもらっていた。

例の古刹も、茜の作った旅程表にしっかりと「まずはここで参拝！」と書かれていたため、陽一と菜月はそこに立ち寄り、チェックイン前のひとときを過ごしてきたのである。

だから二人とも、どんな宿に泊まるのかも、さほど詳しくは確かめていなかった。言ってみれば、ガイドの言うなりに動いて回る、何も知らない観光客的なノリだった。

そうした陽一と菜月にしてみれば、辿り着いた温泉旅館も通された客室も、はっきり言って驚きの連続だった。

たしかに茜からは、「プロが選ぶ日本の宿」といったランキングには必ず上位に名を連ねる宿だからとは聞いていた。

だが、清潔感溢れる和モダンな雰囲気の館内は、期待していた以上に上品で、大人の嗜好に堪《た》えられる高級感を備えていた。

売店やラウンジのそこここに、随分値が張るようにも思える古美術品の数々がセンスよく配されているのも、ポイントが高かった。

その上、チェックインの対応をしてくれたスタッフや、部屋まで案内してくれた年若い仲居らもとても感じがよく、茜はいい宿を選んだものだと、陽一は内心感心しながら客室まで来たのであった。

そんな陽一の予期せぬ驚きは、通された部屋を見てさらに増した。

十二畳と六畳の和室は、いい香りを放つ真新しい畳張り。調度品も品よく整えられている。

床の間付きの十二畳の方には違い棚に花瓶があり、コスモスやススキが上品に活けられていた。

しかし陽一が目を見張ったのは、貸切の露天風呂まで部屋についていたことだ。

縁側の開放的な窓ガラスからは、豪奢な日本庭園が眺められたが、露天風呂はその端の仕切りの中にあった。

客室とは、縁側の脇にある木製のドアで繋《つな》がっていた。

ドアを開けると二畳ほどの脱衣場があり、そこからさらに引き戸を開けると、露天風呂に出られる造りだ。

この部屋に泊まる客だけが利用できる露天風呂は、大きな岩を組み合わせた本格的な岩風呂で、大人が二、三人は一緒に入れる大きさだった。

風呂からはもうもうと湯けむりが立ち、温泉情緒を感じさせる濃密なイオン臭はむせ返るほどだった。

風呂場を浮かびあがらせるオレンジ色の照明も、ムードたっぷりでいい感じである。

「ほんとにすごいお部屋。こんなお風呂までついて……」

一緒に風呂を覗きこんだ菜月は、両目をしばたたいて笑みをこぼし、陽一を見た。

「ですよね、マジで。あ……菜月さん、よかったら入ってください。夕飯の前に一風呂浴びた方が、絶対いいですもん」

陽一はそう言って菜月に風呂を勧め、自分は部屋から出ようとした。

実は、部屋はもう一つ予約してもらってある。

こちらの部屋は菜月と茜で使い、もう一つの狭めの部屋の方に、陽一が一人で宿泊する手はずになっていた。

陽一は、すでに自分の荷物はそちらに置いてここに来ている。

「えっ……で、でも……よかったら陽一くん、先に入って。何なら私は、大浴場に行ってくるから」

陽一の提案に菜月は戸惑い、柳眉を八の字にして、逆に青年に風呂を勧めてきた。

たしかに旅館には、日本海の眺望が楽しめる展望大浴場やサウナ風呂などの入浴施設もある。

だが、せっかくこんな素敵な風呂のついた豪奢な部屋をリザーブしたというのに、それを利用しない手はない。

それに、仮にも先輩をさしおいて、この部屋に泊まるわけでもない自分が先に、専用の貸切風呂を使うわけにはいかなかった。

「いいえ、大浴場には俺が行ってきます。菜月さんも、そっちはまた茜と一緒に行くとかして、今はまずこのお風呂を試してみてくださいよ」

陽一は菜月に言うと、客室の入口に向かう。

少しでも菜月と一緒にいたいのは山々だったが、風呂ともなれば、まさか近くにいるわけにもいかなかった。

「そ、そう……それじゃ、お言葉に甘えて、入ってみようかな」

「ええ。そうしてください。俺も入ってきます。ビールをおいしく飲めるように」

「フフ。そうね。じゃあ、ごゆっくり……」

色っぽい笑顔に見送られ、陽一は菜月の部屋を出た。

菜月たちの客室は旅館の一階奥にある。

陽一の部屋は二階にあり、ここからはいくぶん距離があった。

バスルームはそちらの部屋にもあったが、さすがにそこまで気は利いておらず、アパートの湯船と大差ない。

何をしにここまで来たのですか、どうぞ大浴場をお楽しみくださいと言われてしまいそうなのは明らかだった。

（たまには温泉も悪くないよな）

大浴場に行くと決め、陽一は開放的な気分になる。

自分の部屋に帰って浴衣《ゆかた》に着替えたら、すぐに大浴場に向かうつもりだった。

一風呂浴びてさっぱりしたら、じきに夕食タイムになる。

しかも、何という天の采配か、今夜は憧れの菜月と二人きりの、夢のような夕食なのであった。

（菜月さんに、「お疲れ様、陽一くん」なんて言われながらビールをお酌してもらったりなんかして。ムフフ……）

色白の美貌をほんのりと上気させた菜月に酌をしてもらう光景を夢想し、つい陽一は鼻の下を伸ばした。

宿の浴衣に羽織をまとった湯上がりの菜月は、いつにも増して色っぽいだろう。

おそらく髪は、アップにまとめているはず。

ビール瓶を持つ細い腕が、浴衣の袖口《そでぐち》からすっと露わになったりして、きっと自分は、そんな何でもない眺めにも、随分感激してしまうだろう。

（そう。何と言っても湯上がり……菜月さんのそんな姿を見られるなんて、初めてだもんな）

二階へと続く階段に辿り着いた。陽一は誰にも見られていないのをいいことに、ニマニマと笑いながら階段を上がり始める。

（……！）

ステップを上がる足が、不意に止まった。

陽一はその場に、彫像のようにいきなり固まる。

（お風呂……菜月さんが、お風呂……）

突然背筋を、不穏な鳥肌が駆け上がった。

今この瞬間、憧れのあの人がたった一人で湯を使っているかと思うと、身体がムズムズと変な具合に疼きだす。

（な……何を考えてるんだ、馬鹿）

頭の中に広がりそうになった、薄桃色の妄想を慌てて振り払った。

気を取り直し、一気に階段を上がろうとする。

だが陽一の足は、またも途中で止まってしまう。

（お、お風呂……菜月さんが……あの岩風呂に、一人で……一人きりで……）

股間がキュンとせつなく痺れた。

甘酸っぱさいっぱいに駆け上がる二度目の鳥肌は、まるで悪寒《おかん》のようだった。

（——っ⁉　お、おい、何をするつもりだ……）

陽一は自分にうろたえる。

気づけば回れ右をして、今来た廊下を戻り始めていた。とくとくと心臓が脈打ち、不埒《ふらち》な激情に全身が麻痺する。

何度も自分に「止まれ」と命じた。だが、暴走を始めたもう一人の陽一は、そんな彼に耳を貸そうとしない。

陽一はあっという間に、菜月のいる客室へと舞い戻った。

菜月が内鍵をかけていなければ、ドアは難なく開いてしまうはずだ。

（うーん……）

長いこと逡巡しづけた。

だがやはり、どうしてもこのまま自分の部屋には帰れない。

指を伸ばした。ノブを摑む。

そろそろと回転させると、小さな音を立ててラッチが開いた。

（あ、開いちゃった……！）

緊張と興奮に、歓喜までもが入り混じる。

焼けるかと思うほどの痺れが全身に伝わった。

板間の先にある襖《ふすま》は、さきほど陽一が閉めた状態のままになっている。

(お、おい……こんなことしていいわけないだろう。戻れ、馬鹿。戻れ)

己《おのれ》をなじる気持ちはあるものの、陽一は自らの内にこみ上げてくる、妖《あや》しい衝動に抗《あらが》いきれない。

全身を耳にした。襖の向こうを緊張して窺う。だが、やはりもう露天風呂を使い始めたということなのか、中からは物音一つしない。

そっと静かに襖をすべらせた。

案の定、客室はがらんとしていて、そこに菜月の姿はない。

スリッパを脱ぎ、再び部屋に上がりこむ。

音を立てないよう気配を殺して歩くその様は、我ながら完全に泥棒か何かだ。

(ああ、菜月さん……!)

部屋を進んで奥まで行くと、菜月が使っているらしき湯の音がかすかに聞こえた。

やはり今、美しいあの人は、一糸まとわぬ姿で湯けむりの中にいるのだ——。

そうと思うと、喉を塞ぐような塊《かたまり》が気道をせり上がってくる。妖しい痺れはいっそう強くなり、心臓の鼓動も激しさを増した。

すでに自分は、忌避《きひ》すべき犯罪行為に身を染めてしまっているのかも知れなかった。

だが、菜月を思う熱い心を押しとどめられるものは、もはやこの世に存在しない。

抜き足差し足で部屋を横切り、縁側に着く。

脱衣場へと続くドアも、ぴたりと閉じられていた。

相変わらず喉元には、見えない塊がつっかえたままだ。

ノブを摑んだ。ゆっくりと回す。

そっと開けると、風呂場から響く湯の音は、とたんにボリュームを増した。

（ううっ……な、菜月さんの浴衣……）

棚の中の脱衣籠《かご》には、菜月が脱いだらしき浴衣が丁寧に畳まれていた。

しかも、首を伸ばしてよくよく見れば、浴衣の下には二組のブラジャーとパンティまでもが置かれている。

ひと組は、新しい下着。もうひと組は、さっきまで菜月がそのむっちりした女体につけていたブラジャーとパンティであろう。

（ずお、ずおおお……）

心にゆとりがあったなら、陽一はそれらの下着にも、焦げつくほどの熱視線を浴びせかけたいところだった。

だが今は、もはやそうしたものに関心を寄せる余裕すらない。

ドクドクと心臓が激しく打ち鳴った。

体熱が異様に上がっている気もするが、寒気のような昂《たか》ぶりにもかられる。

小さな脱衣場を移動し、風呂へと続く引き戸の前に来た。

この戸を横にすべらせれば、夢のような、としか言いようのない艶めかしい光景が現出するのだと思うと、胸苦しさはいっそう強まる。

（……ああ、菜月さん！）

引き戸の取っ手に指を伸ばした。浅黒い指は、わなわなと震えている。

取っ手に指がかかった。手のひらにじわりと汗が滲みだす。

あまりに緊張しすぎて、耳の奥がキーンと鳴った。今にもふらつきそうになって、慌てて足を踏みしめる。

震える指に力を籠《こ》めた。

ここで音など立ててしまったら、一巻の終わりである。

息を止めた。頭の先から爪先にまで、緊張感を漲《みなぎ》らせる。陽一は奥歯を噛《か》みしめると、慎重に板戸を開いた。

（――っ！　うおお！　うおおおおおっ！）

4

想像していた以上に濃厚な湯けむりが、きついイオン臭とともに陽一の顔面を撫で上げた。

そんな煙の向こうに見える眺めは、まさに夢幻の趣《おもむき》があった。

（い、いた！　ああ、菜月さん）

細く開いた戸の隙間に首を伸ばし、魅惑のその人に視線を釘付けにする。

憧れの未亡人は、岩風呂の中に裸身を沈めていた。

すでに日は、とっぷりと暮れている。

こちらに横顔を向ける形で、菜月は気持ちよさそうに湯に浸かっていた。

黒髪をアップにまとめ、うなじが剝《む》きだしになっている。湯に濡れた後《おく》れ毛が、艶めかしく首筋に貼りついていた。

なよやかな肩から上が、湯船から露出している。

こうして見ると、やはり肌の白さは特筆ものだ。薄暗いオレンジ色の光の中でさえ、匂い立つようなまばゆさを放っていた。

湯のせいでしっとり感が増した乳白色の美肌は、まるでつきたての餅《もち》のようなきめの細かさ。

その上同時になめらかさもたたえ、艶々と健康的に濡れ光っている。

細い首から得も言われぬラインを描いて細い肩へとなだれこむ、流線のような肩のラインもたまらなかった。

(……ああ、い、色っぽい)

もしかして、これは夢ではないかと頬をつねりたくなりながら、陽一は恍惚《こうこつ》と菜月に見とれる。

宿の手拭《てぬぐ》いを、上品な手つきで肩に当て、湯に濡らしていた。

裸身を包みこむ温泉の心地はやはり最高なのか、時折うっとりとした感じで目を閉じ、腕や肩に指を這わせる仕草が官能的である。

陽一は鼻の下をだらしなく伸ばしたまま、愛《いと》しい未亡人をなおも凝視した。

白い湯けむりを上げるあの湯船の中には、いったいどんな裸身が隠されているのだろうと夢想すると、いやでも股間に血が集まり、ペニスがムクムクと硬度を増す。

すると——、

（——えっ⁉　うわ、うわわわっ！）

もう少しで、陽一は大声をあげそうになった。

まさか彼の心の声が聞こえたわけでもあるまいに、いきなり菜月が湯船から立ち上がり、白い全裸を惜しげもなく露わにしたのである。

（うわ、うわあ、な、菜月さんの……は、はだかだ……）

陽一は、片手で口を押さえていた。それまで以上に目を見開き、二十七歳の無防備な裸体を食い入るように見る。

どうやら菜月は、湯船の奥にある植栽に興味がいったらしい。

湯の音を響かせて浴槽を移動した。

手拭いで前を隠しているため、乳房は見えない。だが白い背筋も豊かな肉尻も、あますことなく陽一の視線に晒《さら》していた。

（ぐおおぉぉ……）

菜月は、大きな岩の背後に植えられた紫色の花を見ようとした。陽一の位置からは子細に確認できなかったが、おそらくムクゲではないだろうか。

（うおお、う、後ろに……あんなにお尻を突きだして……）

花を見ようと前屈みになったため、菜月はググッと尻を突きだした。そのいやらしい眺めを目にして、陽一のペニスは完全に戦闘状態になってしまう。

むちむちと肉感的ながらも、ほどよく腰がくびれていた。

そのせいで、そこから一転して張りだすダイナミックな臀丘は、いっそう生々しい量感と迫力をたたえている。

湯に濡れた大きなヒップは、まるで朝露《あさつゆ》をまとった新鮮な水蜜桃《すいみつとう》のようだった。柔らかな丸みを見せつけて、ふっくらと誘うように白い肉を盛り上がらせている。

そんな尻肉の中央に、くっきりと濃い影を刻んで臀裂が走っていた。尻の谷間にできた影は、角度のせいで三日月のようにも見える。

ちょっと身じろぎをするたびに、白い尻肉がフルフルと震えた。指でそっと突いたなら、どこまでもズブズブと沈みこんでしまいそうな柔らかさに見える。

それに、この健康的に締まった太腿《ふともも》の張りつめ具合はどうだ。

たっぷりの脂肪を内包したボリュームたっぷりの腿肉が、これまたエロチックに肉のさざ波を立てては陽一を悩乱させる。

「ぐ、ぐびっ……」

堪《こら》えきれず、思わず生唾《なまつば》を飲んだ。

ハッと慌てて我に返るが、菜月に気づかれた様子はない。

「綺麗……」

ムクゲを見つめ、嘆声とともに菜月が呟くのが聞こえた。

さらに角度を変えて花を愛《め》でようとするため、動きに合わせてたわわな尻が、ブルン、ブルンと肉を震わせる。

(ううっ、たまらない)

ジーンズの中では極太が、痛みを訴えて疼いていた。股間部は亀頭の形に盛りあがり、今にも裂けそうなほどデニムの布を突っ張らせている。

陽一は、ジーンズのファスナーを下ろし、中からペニスを出そうとした。窮屈な状態のペニスを、痛みから解放してやりたかった。

(——えっ⁉)

その時だった。

浮き足立つ陽一を嘲笑《あざわら》うかのように、またしても菜月が体勢を変える。

ムクゲを観賞して満足したかのように、ゆっくりときびすを返した。縁石の平らな部分に尻を載せ、胸を覆っていた手拭いをおもむろにはずす。

(うおおおおおっ！)

鼻血が出そうになるとは、まさにこのことだった。とうとう菜月は尻に続いて、胸元の膨らみまで陽一にさらけだす。

（ああ、お、大きい。すごい、すごい……！　うおお、乳首と、乳輪まで……）

オレンジの光に浮かびあがる官能的な裸体に、自分の存在そのものが揮発してしまうのではないかと思うような熱感を覚えた。

菜月の胸元に盛り上がるおっぱいは、小玉スイカかと思うような豊満さ。ぷっくりと重たげに膨らんで、はち切れんばかりになっている。

鎖骨《さこつ》の下から続くなだらかなスロープは、先端に行くにつれてスキーのジャンプ台のような急カーブを描いていた。

そんな艶めかしいカーブの先端には、淡い桜色をした、ほどよい大きさの乳輪がある。乳輪の中にはいっそう深い色合いの乳首があり、サクランボのような丸みを見せつけていた。

「ふう……」

湯の火照《ほて》りを鎮《しず》めようとするかのようだった。暗くなった空を仰《あお》いで、菜月は小さなため息を漏らす。

それは、見ようによっては失った夫を思ってのため息にも感じられた。

色白の巨乳を隠そうともせずに天を仰いだまま、菜月は湯の中で、バタ足でもするように両足を動かす。

そんな動きのせいで、重たげな乳房がたゆんたゆんとさらに揺れ、乳首と乳輪を震わせた。

（ああ、菜月さんのこんなエッチな姿見ちゃったら、俺……）

次から次へと見せられる、未亡人のエロチックなポーズに、陽一はもう辛抱が利かなかった。

そんな柄では絶対になかったはずなのに、このまま後先考えず、風呂の中へと飛びこんでいきたい衝動にかられる。

飛びこんで、驚く菜月にむしゃぶりつき、そして――!?

（だめだ、そんなことしちゃ。落ち着け、落ち着け……）

臨界点を越えそうになる欲望を、陽一は必死になだめた。

「フン、フン……フフン……」

菜月はなおも足を動かして湯をかき回しながら、小さな声でハミングを始めた。

白い豊乳にさざ波が走る。柔らかそうな腹が呼吸を繰り返すたび膨らんだり凹《へこ》んだりし、愛らしい臍《へそ》がせわしなく位置を変えた。

菜月の手拭いは、彼女の股間に置かれている。

そのせいで、未亡人の女体のもっとも深遠な部分は、なおも陽一の視界から隠されていた。

（——っ。そうだ、オナニー……オナナーをして鎮めれば……）

陽一はそう気づく。

いつだってそんな風にして、せつない激情を鎮めてきた。そして今夜は、生涯最高のオカズで自慰ができるのだ。

いそいでジーンズのボタンをはずした。途中まで開いていたファスナーを、完全に下ろす。

ボクサーパンツごと、ズルッと膝までジーンズを下げた。いきり勃《た》った肉棒が、鹿威《ししおど》しのようにしなりながら姿を現す。

それは、天衝く尖塔さながらの屹立《きつりつ》だった。

線の細い陽一の容姿から、このペニスの豪快さはおそらく誰も想像できない。

長さにして、約二十センチ超。

鋼《はがね》のように反り返り、今にも腹の肉にくっつきそうになっている。

しかも、亀頭はぷっくりと膨らんで、イカのヒレのように縁の部分を出っ張らせていた。

（おおお、菜月さん）

まごうかたなき巨根の一物《いちもつ》を、陽一は片手でギュッと握った。淫らな欲望を満タンにした肉棹《にくざお》は、ヤケドしそうなほど熱くなっている。

風呂に浸かる全裸の未亡人をほの暗い目で見つめながら、上へ下へとしごき始めた。

ペニスはジンジンと拍動し、刺激に反応してさらに甘酸っぱい疼きを放つ。

菜月はちっとも、そんな陽一に気づかない。

どこか愁いを含んだような顔つきでお湯の表面を見つめていたかと思うと、再び立ち上がり、湯船に身体を沈めようとした。

（あああ……おっぱいがあんなに揺れて。くうう、見せて、菜月さん……ああ、菜月さんの股間も見たい）

菜月の手拭いはどうあっても、股間から離れようとしなかった。

未亡人はゆっくりと、お湯の中へと裸身を沈めていく。

（ああ、行かないで。もっと見せて。菜月さん……）

ここまで見せられてしまっては、もう肩や腕だけでは満足できなくなっていた。

陽一は菜月の後を追うように、さらに少しだけ引き戸を開けて前のめりになった。

と——ガタン！

（げっ）

「――きゃっ⁉」

陽一も驚いたが、風呂の中の菜月も飛び上がった。

いきなり陽一の膝が、引き戸を蹴ってしまったのだから無理もない。

（しまったっ！）

菜月が美貌を強《こわ》ばらせて、こちらを振り返った。

そんな未亡人と、陽一は引き戸の隙間越しに目を合わせてしまう。

「よ……陽一くん……⁉」

どうやら卑猥な覗き見男が誰であるかまで、すぐさま菜月は理解してしまったらしかった。

風呂の中に身を縮め、胸を隠してその場に固まる。しかも、驚愕したらしき菜月の視線は、陽一の股間にも向けられた。

「――ひいい⁉」

（さ、最悪だ）

もっと菜月を見たいと欲するがあまり、我を忘れていた。顔だけではなく、下半身まで引き戸の隙間から、しっかりと露出させてしまっている。

菜月は両目を見開いた。悲鳴をあげそうになった口を慌てて押さえる。

天国から地獄へとは、まさにこのことだった。

熱い血潮が見る見る引き、陽一は青ざめた。ペニスがしおしおと力を失い、丸めた指の中であっという間に小さくなっていく。

湯の中でフリーズする未亡人の裸身を、陽一の目から隠そうとするかのように、湯けむりがいっそう濃密にあたりに垂れこめた。

第二章　夜這いに溺れて

1

「なによなによ、元気ないわね、陽一。ねえ、飲んでる？」

「飲んでるよ……」

「菜月先輩も、ほら、もっと飲んで。せっかくの温泉旅行なんだからあ」

「そうね、……あ、注ぐわよ、茜ちゃん」

陽一たち三人は、六畳の和室の卓を囲んでビールを飲んでいた。

十二畳の方には、すでに宿のスタッフたちの手で、二人分の床が敷かれている。

茜は、予定していた時間に宿に到着した。

今から二時間ほど前のことである。

さっそく部屋の露天風呂に入った茜が戻ってくるのを待って、陽一たちの宴《うたげ》は、幕を開けたのであった。

「それにしても参りましたよ、菜月先輩。まさかこんなことになっちゃうなんてね」

缶ビールをグラスに注いでもらいながら、拗《す》ねた口調で茜が菜月に言う。注ぐ菜月も注がれる茜も、何とも色っぽい宿の浴衣に羽織姿である。

「……えっ？」

菜月がギョッとした様子で美貌を強ばらせる。陽一も緊張した。

「こ、こんなことって？」

茜にそう聞く菜月の声は、心なし震えている。

「えー？　決まってるじゃないですか。せっかくの旅行だっていうのに、仕事が入っちゃうだなんて。こんなのあり⁉　ってほんとに泣きそうになりましたよ、私」

「ああ……」

茜の返答に、菜月は安堵したように肩の力を抜く。

それは陽一も、まったく同じだった。

ただ茜は、陽一と菜月のぎくしゃくとした雰囲気になど、これっぽっちも気づいていない風だった。

「ああ、おいしい。やっぱり湯上がりのビールって最高ね。それに思ってた通り、けっこう素敵じゃないですか、ここの露天風呂」

菜月に注いでもらったビールをおいしそうに飲み、喜色満面の顔つきで茜が言う。

「そ、そうね……」

露天風呂の話題になると、菜月はますますぎこちなくなった。すべては俺のせいだと思うと、陽一もまた、いたたまれない気分が募《つの》る。

『じ、実は……ずっと好きだったんです、菜月さんのことが……』

あの後、陽一は、十二畳の和室に菜月と向かい合って、自分の思いを彼女に伝えた。

誰に言われるまでもなく、最低最悪のタイミングでのカミングアウト。自分の恋に未来があるだなどとは、さすがに陽一も考えられなかった。

しかしそれでも、言わずにはいられなかった。

女性なら誰でもいいと、あんな蛮行に及んだわけではない。そのことだけは、何があっても伝えたかった。

もっとも、それを伝えたからといって、地にまで堕《お》ちた陽一への信頼が、菜月の中でいささかなりとも戻るわけでもなかったろうが。

『気持ちは嬉しいけど……ごめんなさい、陽一くん……』

陽一と視線を合わせるのを避けるかのようだった。菜月は困ったように畳を見つめ、力ない声で陽一に言った。

『あんな俺を……見てしまったからですか？』

胸が張り裂けそうになりながら、陽一は聞いた。すると菜月はかぶりを振り、

『ううん……違う……私の中には、今もずっと……あの人がいるから……』

そう言って、陽一の気持ちを、申し訳なさそうに退《しりぞ》けたのであった。

『と、とにかく……茜ちゃんの前では、普通にしていよう、陽一くん。ね？　あの子に変だって思われるようなことは、絶対に避けたいから……』

菜月はそう言って、陽一に同意を求めた。

始まってもいなかったせつない恋が終わってしまったことに悲しい気持ちになりながら、陽一はそんな菜月の言葉にこくりとうなずき、茜の前では何もなかったふりをすることに同意したのである。

「菜月先輩、あとでもう一度一緒に入りましょうよ」

旅の疲れのせいか、それとも陽一や菜月より、酒を飲むピッチが速いせいか。ほろ酔い気味になった茜はほんのりとその顔を紅潮させ、陽気な声で菜月を誘った。

「あ、そ、そうね……」

「あのお風呂、三人ぐらい入っても全然平気って感じですもんね。あ、なんなら陽一も一緒に入っちゃう？」

「——えっ」

いきなり話を振られ、陽一は顔が熱くなった。頼むからもう露天風呂の話はやめにしてくれと、茜に泣きつきたくなる。

「どうよ、陽一？　んん？　こんな美女二人と露天風呂で混浴だなんて」

「か、からかうなよ……」

「やだ、菜月先輩、赤くなってきましたよ、この人。ほら見て。きゃー、いい大人が真に受けちゃってる」

陽一の反応を、目を見開いて茜がからかった。

「か、可哀想よ、茜ちゃん……」

菜月が見かねて、茜を制す。

「だってだって。あはは。陽一、可愛い。ほんとに入っちゃうー？　見たいでしょ、私と菜月先輩のすっぽんぽん」

「ふざけんな、ば、馬鹿」

陽一は、ふて腐れて見せながらビールを呷《あお》った。

茜は何も知らないのだから責めるわけにもいかない。だがこれは、ちょっとした羞恥プレイである。

「怒らないの。だからあんたは、いつまで経っても彼女ができないのよ」

「ほっとけ……」

愉快そうに白い歯をこぼして笑い転げる茜に、ブスッと応えた。

けっこう美人なのに、こんな風に男っぽく、サバサバしているところが茜の魅力でもある。

少なくとも陽一は、彼女がこんな性格だから、ずっと交流してこられたのである。

しかし今日ばかりは、そんな茜の小学生の男子のような突っこみがつらい。

──だからあんたは、いつまで経っても彼女ができないのよ。

それはそうだ。

大好きな人の入浴姿を覗き見して自慰に耽《ふけ》ろうとするような男が、誰かに必要とされるはずもない。

鉛を飲みこんだような、胸苦しい気分になった。

陽一はぎこちない笑みを必死になって浮かべながら、ぐいっとやけくそ気味にビールを呷った。

2

（やだ……私ったら……ちょっとからかいすぎだってば……）

けらけらと笑って見せながら、茜は心中でブレーキをかける。

こんな風に陽一をからかってしまうのは、いつものこと。

だが、今夜もまたそんなことをしてしまっては、何のために計画した旅行なのか分からなくなってしまう。

男勝りな、可愛くない態度をとってしまうのは恥ずかしさの裏返しだった。

好きな人を前にすると、昔から茜は一段と勝ち気になり、女としての自分を自ら置き去りにするような真似をしてしまう。

（今夜は……そんな私じゃだめなんだから……）

そう思い、自分を戒《いまし》めた。

この後、茜はいよいよ勇気を出そうと決めていた。

だから、実は緊張と恐怖からこのように振る舞ってしまっているのだ。

（お願い。そんなにドキドキしないで……）

とくとくと脈打つ心臓に、せつなく茜は懇願する。

可愛い陽一の顔を見ていると思いが溢れだし、どうにかなってしまいそうだった。

（あとで……ついに陽一と……）

甘酸っぱく胸を疼かせ、茜は一人で夢想した。

嬉しかった。

でも恐かった。

女という生き物は、いつだって複雑だ。

弱い自分から逃れるように、茜は陽気にビールを呷った。


（陽一くん……）

茜の冗談に必死に笑顔で応えながら、菜月は胸を痛めていた。

茜の気持ちは、ここに来る前から分かっている。自分はいったいどうしたらいいのだろう。

せめてもの救いは、自分と陽一のぎくしゃくした雰囲気に茜が気づいていないらしいことだった。

胸に迫る重苦しいものを持てあましながら、視界の隅に陽一をとらえる。

信じていた後輩の非常識な振る舞いに直面した時には、喉から心臓が飛びだすかと思うほど驚いた。

あの大人しい陽一くんがと思うと、目の前で起きている出来事が到底信じられなかった。

（陽一くん……）

裸を見られてしまったと思うと、今でも顔が熱くなりそうになる。

また、陽一の股間の眺めを思いだせば、いたたまれない気持ちはさらに強まった。

『どうか茜ちゃんと陽一くんの恋がうまくいきますように』

陽一と二人で参拝した古刹では、菜月はそう心から仏さまに祈ったのであった。

それなのに、その陽一から思いがけない告白をされると、意志や理性とは裏腹に、心が波立ってしまう自分がいる。

大学生の頃から、可愛い後輩だと思っていた。

しかし自分は、三歳も年上。

その上、それまで男性と付き合った経験などなかったことから、結局は自分の気持ちをうまく形にすることはできず、陽一とは先輩後輩の間柄で終わってしまった。

もちろん夫と結婚してからは、ずっと夫一筋で生きてきた。

そしてそれは、彼が死んでしまってからも、ずっと変わっていない——つもりであった。

だが陽一に思いを告げられると、不意に胸の奥がざわついた。

自分の心に、そんな感情がいまだに残っていたことに気づいて、年甲斐もなく、菜月はうろたえた。

（お願い……このまま……無事に終わって……）

仲がよかった三人の旅は、思いがけず不穏なものを孕んでしまっていた。

菜月は大笑いをする茜に合わせて強ばった笑みを浮かべながら、苦いだけのビールを、無理やり喉に流しこんだ。

（まさか……こんな展開になっちゃうなんて……!?）

——深夜。

茜は心臓を打ち鳴らし、天井を見つめて眼をしばたたかせた。

男連中からは、心臓に毛の生えた女などと揶揄《やゆ》されることもある。しかも、もしかしたら本当にそうかもと、自分で思うこともあるほどだ。

しかし、今夜の茜はいつもの彼女ではなかった。

いや、違う。

これが本当の私なのだ。恥ずかしくて誰にも見せられない素顔の茜が、闇の中に剥きだしになってしまっていた。

ゆっくりと顔を動かし、左に向けた。

そこには、大の字になっていびきをかく陽一がいる。

暑いのか、元々寝相が悪いのか。掛け布団を蹴り散らかし、浴衣をはだけて寝入っていた。

安心しきったような、リラックスした顔つきで眠る茜の思い人は、胸を締めつけられるほど可愛かった。

今度は反対側に顔を向ける。

するとそちら側には、茜と陽一に背を向けて横臥《おうが》する菜月の姿があった。

息を詰め、じっと菜月の様子を探う。

菜月もまた、本当に寝てしまったのか。茜が信頼し、気持ちを許す大切な女性の元からも、小さな寝息が聞こえてくる。

『私のことは気にしないで。応援してるわよ、茜ちゃん……』

一時間ほど前、酔いのせいで清楚な美貌を真っ赤にした菜月は、そう言って茜に微笑んだ。

いつになく泥酔し、最後は前後不覚になった陽一を、二人で敷いた三つ目の床に横たわらせてからのことだった。

『でも……いくらなんでも、先輩のいるそばでだなんて……』

さすがの茜もいささかたじろぎ、菜月に言った。

そんな茜に、菜月は陽一の泊まるはずだった部屋に自分が泊まろうかとまで申し出てくれたが、さすがにそこまで、この人の好意に甘えられない。

先輩さえ気にしないでくれるのならと、気遣いながら言うと、菜月は、

『全然平気よ。これでも人妻だったのよ？　それに……私もちょっと飲みすぎちゃって眠いから、ほんとに寝ちゃうと思う……』

とろんとした表情で色っぽく笑い、挨拶もそこそこに自分の布団に横たわってしまったのであった。

(やっぱり、すごいシチュエーションよね……)

布団の中で深呼吸を繰り返し、茜は生唾を飲んだ。

まさかこんなスリリングな状況で、陽一に夜這いをかけることになろうとは思わなかった。

だが、大好きな菜月が寝ているそのすぐそばでと思うと、よけい淫らな昂ぶりを覚えてしまう、いけない自分もいる。

いずれにしても、時は来た。もうこのようなチャンスは、二度とやってこないかも知れない。

(さ、さあ……やるわよ)

怖じ気づきそうな自分に発破をかけた。

もう一度、菜月の寝息を確かめる。

よし、大丈夫——叫びだしたくなりそうな緊張感のせいで、四肢がじんと痺れた。

それでも茜は、音もなく床を抜け出すと、陽一の布団へと、猫のようなポーズで近づいた。

エッチな女になるのだ……男なら誰もが大好きな、エッチで可愛い女に——。

(お願い、陽一……興奮して……)

どうかうまく行きますようにと藁《わら》にもすがる思いになりながら、陽一の眠る布団へと、音もなく茜は静かに移動した。

3

（んっ……？）

強い尿意に、陽一は苛《さいな》まれた。

ムズムズと股間が甘酸っぱく疼き、落ち着かない心地になってくる。

（トイレ……行かなきゃ……）

痺れる頭で、ぼんやりと思った。だがただ気持ちが急くばかりで、思うように身体が動かない。

というよりも、俺は今、いったいどこにいるのだったか――。

（あ……寝てた、のか……）

少しずつ、頭の中の霧が晴れてきた。

知らない街を歩いている夢を見ていた気がするが、覚醒すると同時に、あっという間に、街の景色は雲散霧消してしまう。

目についたのは、見慣れぬ天井だった。

陽一が暮らす安アパートのものに比べると、かなり小綺麗で上品だ。

どこだ、ここ――。

すぐには記憶が戻らず、いささかうろたえた。

しかも、そんな風に狼狽《ろうばい》している間にも、さらに尿意は堪えがたいものになってくる。

(――っ。思いだした……そうか、ここは……)

自然現象に煽られるかのように、一気に目が覚めて頭が冴え始める。

眠りにつく前のさまざまなことがひとつずつ脳裏に蘇《よみがえ》り、パズルのピースが面白いように嵌《はま》りだした。

(いけねえ、俺……ひょっとしてあのまま寝ちゃったのか⁉)

菜月と茜の二人と宿の部屋で飲んでいた記憶を取り戻し、陽一は戸惑った。

最後は前後不覚になるほど酔っぱらってしまったけれど、自分の部屋に帰ったという記憶はない。

「……?」

慌てて首を動かし、隣を見た。

二つの布団が並んで敷かれ、端の布団では、菜月らしき女性がこちらに背を向けて寝息を立てている。

　だがどういうわけか、真ん中の布団はもぬけの殻だ。

（……茜？　どこに行ったんだ……ううっ……⁉）

　姿の見えない茜を不審に思いながらも、湧き上がる尿意は、いちだんと強いものになってきた。

　陽一は布団の中で身じろぎをし、早く用を足しにいかなければまずいと焦る。

　ところが——、

（——えっ）

　陽一はふと、身体を強ばらせた。

　尿意だとばかり思っていた甘酸っぱい感覚に、不意に違和感を覚えだしたのである。

　何やらペニスに、ヌルヌルするような激感が走った。

　しかもそちらに意識を集めれば、

（……っ⁉　お、俺……勃起してる⁉）

　陽一の怒張は反り返り、性への感度を全開にしていた。

　疼くような閃きが、何度も鈴口に弾《はじ》ける。何かがしきりに、彼の亀頭に擦りつけられていた。

「……えっ、ええっ⁉」

頭を上げて股間を見た。

陽一は思わず、驚きの声をあげる。

「あぁぁん、陽一。んっ……」

「あ、茜⁉　えっ、ええっ……あぁぁ……」

……ピチャ、ちゅぱちゅぱ。ねろん。

陽一は我が目を疑った。

もしかして、まだ自分は夢の中にいるのだろうかと、現実感が希薄になる。

茜は、陽一の股の間にいた。しかも勃起した彼のペニスを熱っぽく握り、暗紫色の亀頭に舌を這わせている。

「ちょ……何してるの⁉」

大きな声を出すのは憚られた。

何しろそこには、眠っているとはいえ菜月がいる。

「何って……おち×ちん、舐《な》めてるの、陽一の。んっ……」

艶めかしい笑顔だった。ちょっぴり恥ずかしそうにしながらも、茜は大胆に、いやらしく舌をくねらせる。

ローズピンクの舌が亀頭に食いこんだ。

マッチでもするような激しさで、ねろんと激しく抉《えぐ》る。

火花の散るような快感が瞬《またた》き、陽一はたまらず、ビクンと身体を震わせた。

「うおお、なんで……ど、どうして、こんなこと——」

「大好き、陽一」

わけが分からず、真意をただそうとした。そんな陽一の機先を制するかのように、亀頭を舐めながら茜が告げる。

「……えっ⁉」

「好き……大好き……んっんっ……ほんとは……ずっとずっと好きだったの……」

自ら口に出した想いに、ますます昂揚感を高めているかのようだった。

茜は右へ左へと顔を振って髪を波打たせ、いちだんと熱烈に陽一の怒張を舐めしゃぶる。

「ええっ……⁉」

思いもよらない茜の言葉に、陽一は目を見開いた。

「分かってる。いきなりこんなことするなんて、どうかしてるって……でも、分かって。私もう他に……んっ……自分の気持ち、伝える方法、分からなくて」

「あ、茜……うわあ……」

陽一は背筋を仰け反らせた。

茜が突然極太を、頭からパクリと口中に頬張ったのだ。

「陽一……好き。ねえ、感じて。私……そんなに悪くないでしょ？　んっ……」

……ぢゅぽ。ぢゅぽぢゅぽ。

窄《すぼ》めた朱唇で、キュッと肉棒を包みこまれた。

艶めかしい啄木鳥《きつつき》となった大学時代の友人は、前へ後ろへと小顔を振り立て、猛《たけ》る肉棹をしごき立てる。

「ずおおぉぉ……」

（冗談だろう。茜が、俺を……？）

蕩《とろ》けてしまいそうな快感にうろたえながら、陽一はたった今聞いた茜の告白を脳裏に反芻《はんすう》させた。

ということは、ひょっとして最初から、茜はそれを告げるために、俺を旅行に誘ったのだろうか。

すると、菜月云々は表向きの理由に過ぎず、もしかしたら菜月もまた、茜の想いを事前に知って、協力する目的で、今回の旅行に参加してきたのか。

（そんな……ぐおおお……）

千々に乱れる心は、驚きと戸惑い一色だった。

もしもそうだとしたら、菜月は茜の想いを知りながら、同時に陽一の想いも知ってしまったことになる。

（な……菜月さん）

ペニスを舐めしごかれる気持ちよさに恍惚となりながら、菜月を見た。

清楚な未亡人はむっちりした女体を横臥させたまま、何も気づかぬ様子で安らかな寝息を立てている。

「あん……感じるの、陽一？　おち×ちん、すごくビクビクいってる……」

菜月のことを思った途端、怒張が若鮎のように茜の口中で雄々しく跳ねた。

気持ちは菜月にあるというのに、獣《けもの》としての本能は、いやらしい行為を仕掛けてくる茜の元へと向かってしまう。

「茜……うおお……」

窮屈に締まった唇が、チューブに残ったゼリーでも搾ろうとするような強さで、猛る肉幹を繰り返ししごいていく。

そんな風にしっかりと棹を刺激しながら、同時に茜は舌をくねらせ、疼く亀頭をしつこいほどに舐め回す。

（き……気持ちいい……）

悪寒によく似た鳥肌が、ゾクゾクと背筋を駆け上がった。

実をいえば大学時代、遠距離恋愛で高校時代の同級生と交際をしていた時期がある。その時の恋人が、幼い雰囲気には似合わぬ床上手で、陽一は男と女についてのさまざまなことを、彼女から学んだものだった。

だが茜のフェラチオ・テクニックは、はっきり言ってその同級生と比べても遜色《そんしょく》がない。

男勝りなこの女性が、いったいいつこのようなテクニックを身につけていたのかと、陽一は意外な心地になった。

「むふう、陽一……ねえ、分かって、私の気持ち。お互いもう大人なんだもん。こんな形で告白しても、へ、変じゃないでしょ？」

「おおお……？」

ぢゅぽぢゅぽと下品な汁音を立ててペニスをしごきながら、艶めかしい声で茜は訴える。

（ああ、なんてエロい顔）

上目遣《うわめづか》いにこちらを見る茜の表情に、陽一はますます痴情を刺激された。

菜月が清楚な美女ならば、茜はクール系の美女であった。

涼やかな目元はきりりと引き締まり、高い鼻筋とシャープな頬が、理知的な美貌をいちだんと魅力的なものにしている。

ついでに言うなら、高校時代からラクロス競技で鍛えてきたというその肉体は、ちょっとしたモデル並み。

いや、実際に大学時代は、読者モデルとして同世代の女性向けファッション雑誌にその姿が何度も掲載されていたことを、陽一は覚えている。

出るところが出て引っこむところが引っこんだ肉体はすらりとスタイルがよく、長い手脚のおまけつきだった。

その上おっぱいだけは、そんな肉体の黄金比を軽々と裏切る豊満さで、陽一の周囲の男子学生たちは、随分茜に執心していた。

（それなのに。おおお……）

まごうかたなき美人の友が、今は文字通り、表情を一変させていた。

顔の下半分が怒張に吸いつき、いやらしく引っ張られたようになっている。左右の頬が抉れるようにくびれ、濃い影ができていた。

その上、鼻の下まで伸び、せっかくの美貌が台なしだ。

しかしそれでも、美人は得である。

このような、恥ずかしい表情になっていても、持って生まれた高貴さは、いささかなりとも揺るがない。

「ああ、茜。だめだってば……」

こんな危険な状況だというのに、次第にケダモノじみた気分になってきてしまっていた。陽一はうろたえ、声を潜めて茜に言う。

「どうして？　気持ちよくないの？」

「そうじゃ、ないけど……あっ……」

ちゅぽんと淫靡《いんび》な音を立て、茜は口からペニスを放した。肉厚の朱唇から涎《よだれ》が溢れ、細い顎をつっと伝う。

「私……そんなに魅力ない？」

浴衣姿の茜は、拗ねたように眉を八の字にした。可愛く唇を窄め、上目遣いに陽一を見る。

はっきり言って、こんなキュートな茜を見るのは、初めてだった。媚びを含んだ色っぽい顔つきに、たまらずペニスがビクンと疼く。

「陽一だけよ。私のこと、ちっとも熱っぽく見てくれないのは……私、おっぱいだって……そこそこ大きいと、思うんだけどな……」

いじけた声で言いながら、浴衣の合わせ目に両手をやった。

茜は少し恥ずかしそうにしながらも、やがて意を決したように、合わせ目を勢いよく左右にはだける。

――ブルルルンッ！

「うわあ……」

陽一は思わず、声を上ずらせた。

ようやく楽になったとばかりに飛びだしてきたのは、八十五センチ、Ｆカップは優にある、たわわな色白の豊乳だ。

皿に盛りつけたばかりのプリンのように、たゆんたゆんと艶めかしく揺れた。

陽一は、その見事なボリュームと抜けるような色の白さ、乳先を彩《いろど》る乳輪の眺めに恍惚となる。

茜のおっぱいは、伏せたお椀のような形をしていた。その頂きを彩るのは、淡い鳶《とび》色をした可憐な乳輪である。

乳輪の直径は、菜月のそれよりいくぶん大きめの気がした。

中央で半勃ちぎみに存在感を主張する二つの乳首も、ちょっぴり大ぶりで、何だかとてもいやらしい。

「誰にも……触らせたこと、なかったんだよ？」

はにかんだように言うと、茜は自らの手で、二つの乳塊をふにっとせりあげた。形のいい乳房がいびつにひしゃげ、別々の方角に乳首を向ける。

「うおお、あ、茜……？」

「ねえ、ちっとも興奮しない？　私なんかじゃ、やっぱりだめ？　陽一、私、恥ずかしい……こんなこと、生まれて初めてするの……あああ……」

ペニスは早くもフル勃起だというのに、まだなお態度をはっきりさせない陽一に、茜はせつない想いを吐露した。

乳を揉めば揉むほどに、マゾヒスティックな痴情も高まってくるのか。

切れ長の瞳に、艶めかしい潤みが増した。半開きの朱唇からは、切迫した色っぽい吐息がいっそう熱っぽくこぼれだしてくる。

4

「うう、やめてくれ、茜。そんなことされたら、俺……」

セクシー・フェロモン全開の茜を目《ま》の当たりにして、陽一はもうたまらなくなっていた。

涎まみれの極太が、ヒクン、ヒクンと絶え間なく震えた。尾骨のあたりからゾクゾクと、大粒の鳥肌が背筋を駆け上がる。

「興奮しちゃう、陽一？　いいの。ねえ、お願い、興奮して……」

顎を震わせて弾《はず》む柔乳を凝視すれば、茜はますます身体をくねらせた。哀訴するような、泣きだしてしまいそうな震え声で、なおも陽一を煽動する。

(ああ、もうだめだ)

これほどの美女から、こんなに強烈に求められたことなど、今まで一度だってなかった。

こちらに背を向けて眠る愛しい人に、なおも気兼ねするものはありながらも、もう陽一は自分を抑えられない。

(な、菜月さん……ごめんなさい)

「お願い、陽一。私を好きにして。おっぱいだって、陽一の好きにさせてあげ――」

「おおお、茜」

「――きゃ⁉」

とうとう陽一は爆発した。

布団から身を起こすや、股の間に立ち膝になって挑発していた茜になりふりかまわずむしゃぶりつく。

茜の女体は、熱でも出たようにじっとりと火照っていた。陽一の勢いをまともに受け止め、一緒になって倒れこむ。

「よ、陽一」

「だめだ、もう我慢できない。茜……こんないやらしいお前を見ちゃったら」

「ひはぁ」

暴れる茜に覆い被さった。

元に戻りかけた浴衣の合わせ目を、もう一度グイッと左右に開く。

たわわな艶乳が、先ほどまで以上にたっぷたっぷと激しく揺れた。陽一は息苦しさにかられながら、弾む乳房を両手で鷲摑みにする。

「ああん、陽一。あ、あ……あああ……」

「おおお、茜。だめだ、柔らかい……」

指を食いこませたおっぱいは、マシュマロさながらのまろやかさ。鼻息を荒げて強く揉もうとすれば、いっそう深くまで指が食いこむ。

陽一はグニグニと、双子の乳房をねちっこく揉んだ。茜は艶めかしい声をあげ、布団の上で身をくねらせる。

「陽一、ああ、陽一」

「興奮する、茜。うう、いやらしいおっぱい……」

揉めば揉むほど、痺れるような情欲が膨張した。

茜のFカップおっぱいは陽一の興奮を柔らかく受け止め、クッションのように弾みながら無限に形を変える。

ただ柔らかで蕩けそうなだけでなく、じっとりと汗ばんでいるのも陽一をそそった。しかも乳首はさらに硬度を増し、サクランボのようにぷっくりと丸くなる。

「ああ、いやん。はう。あああ……」

スリッ、スリッと乳首をあやせば、茜はますます尻を振り、火照った肢体をのたうたせた。

乳輪に擦り倒すとそのたびに、しこった乳首はぴょこりと元に戻って、いっそう肉実を締まらせる。

「ああ、茜。たまらない。んっ……」

「あああぁ」

なおも乳を揉みしだきつつ、片房の頂きに吸いついた。腹を空かした赤子のように、ちゅうちゅうと音を立てて乳を吸うと、

「あああ、陽一。あああああ」

茜はさらに声を上ずらせ、ビクビクと身体を痙攣《けいれん》させる。

さすがに声が大きすぎると自分でも思ったか、慌てて口を押さえるその仕草に、なぜだか陽一はいっそう燃えた。

乳を吸い、舌で乳首をしつこく転がす。硬いような柔らかいような、グミにもよく似た乳首の感触に痴情を煽られた。

ちらっと横目で菜月を見れば、エロチックなS字を描く肉感的な女体は、なおも安らかな呼吸を繰り返している。

いつ菜月が目を覚ましてしまうかと思う不安感とともに、スリリングな昂揚感が増していく。

「うああ。ああん、陽一、吸って。いっぱい吸って。あああ……」

二つ目の乳首にむしゃぶりつき、一つ目以上の激しさで吸引した。

そっと歯を立てて甘噛みすると、茜は「ひいん」と鼻にかかった媚声を漏らし、一段と激しくヒップを振る。

……カジカジカジ。

「あああ、陽一。痺れちゃう。だめ、声出ちゃう……」

……カジカジ。カジカジカジカジ。

「ああああ。菜月先輩に気づかれちゃう。どうしよう。あああああ……」

「おお、茜。今さら……もう無理だって」

男の欲望に、完全に火が着いてしまっていた。

いけないことをしていると思えばよけいに身体が熱くなり、ペニスが疼いて血液が不穏に騒ぎだす。

陽一に覆い被さられた茜は、両足を開く格好になっていた。

そのため浴衣の裾《すそ》がはだけ、すらりと伸びやかな白い美脚が、内腿まで陽一の目に晒されている。

陽一は身体をずらし、茜のパンティを脱がせにかかった。

浴衣の裾をさらに開けば、茜の股間には紫色の小さなパンティが、吸いつくように貼りついている。

両手を伸ばして、パンティの縁を摑んだ。

有無を言わせず陽一は、美女の股間から、ズルッ、ズルズルッと三角形の布をずり下ろす。

「あぁん、いやあ……」

パンティの後を追うように、茜の白い指が伸びた。

だが、そんなことをしてももう遅い。

陽一は膝から脹《ふく》ら脛《はぎ》、脹ら脛から足首へとパンティを下ろす。ついには茜の両足から、小さく丸まった紫の下着を完全に脱がした。

しかし、陽一の責めはもちろんそれだけでは終わらない。

「きゃっ、あああ……」

キュッと締まった足首を両方とも摑んだ。抗う茜にお構いなしに、陽一は大胆に開脚させる。

脂《あぶら》の乗った白い内腿が眩《まぶ》しかった。すかさずそこに指を食いこませ、暴れる美女を、身も蓋《ふた》もないガニ股の格好に貶《おとし》める。

「うおおお……？」

「や、やだ、陽一。恥ずかしい……」

まさか陽一が、ここまで大胆な行為に及ぶなどとは夢にも思わなかったのか。

股のつけ根の秘め園まで、丸ごと晒されるM字開脚。茜は背筋をたわめて尻を振り、いやいやと髪を乱してかぶりを振る。

しかし、そんな風に女が恥じらえば一段と燃えてしまうのが、男というもの。

一抹の戸惑いはなおもありながらも、陽一は初めて目にする茜の淫華に視線を釘付けにする。

二十四歳という年齢からも、持ち前のクールな美貌からも、ちょっと想像できない、初々しい花唇だった。

蜜に濡れた花びらはとても小さく、まるで思春期の少女の華溝のようだ。

ふっくらと盛り上がる恥丘の突端にピンクの花をあだっぽく咲かせ、雨に打たれる花のようなみずみずしさをたたえている。

そんな花弁の上端には、莢《さや》から半分ほど剝けかけたクリトリスが顔を出していた。

さらに上には、刷毛《はけ》で一筋掃《は》いたかのような、淡い恥毛が縮れた毛先を絡めあっている。

「うう、茜。ゾクゾクする。ああ、俺……もう……」

痺れるような情欲が、陽一の身体を熱くさせていく。

後先考えず、浴衣を脱ぎ捨てて裸になる。茜の股の間で態勢を整え、腹の肉にくっつきそうになっていた男根を手にとって角度を変えた。

5

……ぐちょぐちょ。ねちょり。

「ああぁ、陽一ぃ……」

(い、いや……茜ちゃん、そんな声出さないで……)

秘めやかに聞こえてくる背後からの物音に、菜月は今にも身悶えしそうになった。茜が布団を抜けだし、寝ている陽一のペニスをいじくりだした時から、すべて菜月は聞いていた。

ずっと寝たふりをしていたけれど、こんな状況で眠れるわけがない。しかし、陽一を想う茜の心情を慮《おもんぱか》れば、協力してやらないわけにはいかなかった。

「い、挿《い》れるよ、茜。これを……挿れちゃうからね」

上ずった声で、陽一が囁いていた。

「あ、あ、陽一……あん、いやん、あああ……」

そんな陽一に呼応するかのように、艶めかしい声を上ずらせて茜の女体がカサカサと布団を動かす。

いやらしい汁の音が、菜月の元にまで届いてきた。

恥ずかしいけれど、菜月にも身に覚えがある。

これは、興奮した男がいきり勃った一物の先を、女の秘割れに擦りつけているいやらしい音だ。

(せ、せつない……)

狸寝入りをしながら耳にするには、あまりにも生々しい声と音だった。

しかも菜月は、茜の膣《ちつ》にペニスを挿入しようとしているその男性の、自分への気持ちも知ってしまっている。

茜を応援してあげたいという気持ちとは裏腹に、せつない悲しみを感じていた。

悲しみの正体は、ひょっとしたら嫉妬心かも知れないと気づくと、なんて馬鹿なことをと、ますます菜月はうろたえる。

しかし――。

「おおお、茜……」

「あああ。むぶう、よ、陽一ぃ。ああ、すごい。ああああ……」

(いや。いやあああ)

獣に還ってしまった陽一と茜が、性器と性器で一つに繋がったことは、明らかだった。

漏れ出す声を抑えつけようと、茜は口に手を当てて、くぐもった呻きをあげている。

「うう、すごいヌルヌルしてる……ああ、だめだ。腰、動いちゃう」

「ひいい。陽一。あ、あ、あああ。いやん、だめ。ああああ」

(お願い。そんな声出さないで……)

とうとう陽一は、腰を動かし始めた。

淫靡な汁音が激しさを増し、茜の喉から漏れ出す声も、一段と取り乱したものに変わっていく。

「あああ、いやん、どうしよう。声が出ちゃう、陽一……ああ、やめて……」

(茜ちゃん、そんな声出さないで。ああ、困る)

「あ、茜……そんなこと言ったって、もう俺、我慢が。おおお……」

……バツン、バツン。

(いや。ああ、陽一くんの股間が、茜ちゃんの股間に……いやああ)

布団一つ分しか離れていないすぐそこで、燃え上がった男と女が子作り行為をエスカレートさせていく。

菜月はたまらず、股のつけ根にせつない疼きを走らせた。

（あああ……）

夫を失って以来、他の男性に身体を許したことは一度もない。

しかし少しずつ熟れへと向かいつつある女の身体が、肉の疼きとは無縁かといえば、決してそんなことはなかった。

オナニーがしたかった。

いつもは意志の力で抑えつけられていたけれど、こんな状況に身を置いてしまっては、正直自分の無力さを思い知らされる。

「ああ、陽一。いやん、すごい奥まで。ああ、どうしよう。か、感じちゃう……」

「茜、俺も……で、でも……ああ、そんな大きい声出さないで……」

「分かってる。分かってるけど。あああ。ああああ」

（もういやあ……）

泣きたくなるほどの肉悦が、未亡人の女陰を痺れさせた。

何度も片手が股のつけ根に潜りそうになり、そのたび菜月は必死に自分をなだめようとする。

（でも……でも。あああ……）

「ひいいん。陽一、もっと突いて。私の身体で気持ちよくなって。私も気持ちいい」

菜月が目を覚まさないようにと気遣ってはいたが、茜の声には堪えがたい官能の気配がさらに色濃くなった。

必死に奥歯を嚙みしめても、甘酸っぱい唾液が後から後から湧き上がる。

パンティの布を押し上げて、クリトリスが疼いた。

膣洞の奥では子宮口が淫らに蠢動《しゅんどう》し、いけない汁を肉穴のとば口へと一気に押し上げようとする。

（陽一くん……陽一くん……）

茜のような可愛い娘に色仕掛けで迫られたら、いくら陽一だってひとたまりもなかったろう。

それでも菜月はつらかった。

彼の熱っぽい告白は、嘘ではなかったはずだと信じている。

（あああ……）

とうとう片手が股間に伸びた。

浴衣の裾を潜りこみ、パンティの中にまで指がすべる。

自己嫌悪にかられながら、菜月はぞろっと淫核をなぞった。

目の眩《くら》むような快感が、火花さながらに閃いた。

6

「おおお、茜……ああ、気持ちいい……」

モデルのようにすらりとした肢体を、大胆なガニ股姿にさせたまま、陽一はカクカクと腰をしゃくり、猛る怒張を抜き差しする。

「ひいい。あん、陽一。嬉しいよう。私も気持ちいい。ああ。あああああ……」

茜は可愛い喘ぎ声をこぼし、陽一の突きに悩乱した。

宿の浴衣が淫らにはだけ、乳も下半身も丸出しになっている。

栗色のロングヘアーが白い布団に扇のように広がり、突き上げるたびに波打った。

たわわな乳が上へ下へとリズミカルに揺れ、乳首の勃起で虚空にジグザグのラインを描く。

(まさか茜が、こんな可愛い女だったなんて)

あまりの意外さに、陽一は息詰まるほどの昂ぶりを覚えた。

日頃は勝ち気で口だって悪いほうなのに、今夜の彼女は、胸を締めつけられるほど愛くるしい。

（それに。おおお……）

陽一は天を仰ぐ。

首筋が引きつるのを、彼は感じた。

彼の怒張を絞りこむ膣の心地は、はっきり言って天国のよう。

波打つ動きで蠕動《ぜんどう》し、吐精寸前の肉棹を、甘く締めつけては解放する。

「ああん、陽一。蕩けちゃう。奥いいの。ああ、奥いい」

「ここ、茜？　ねえ、ここ？」

「あああ。あああああ」

亀頭を快くもてなしてくれるのは、膣襞《ひだ》だけではなかった。

最奥部で待ちかまえる柔らかな子宮は、鈴口がぐちょりと埋まるたび、もう逃がさないとでも言うかのように収縮しては、カリ首を包みこむ。

そのたび、甘いしぶきが火の粉を散らして閃いた。ひと抜きごと、ひと差しごとに、じわり、じわりと射精感が募りだす。

「ああ、陽一。そこ気持ちいいよう。おかしくなっちゃう。ああ。あああああ」

「おおお、茜、そろそろ俺……限界だよ！」

「ひいいい」

――パンパンパン！　パンパンパンパン！

射精一歩手前の、茹《ゆ》だるかのような酩酊《めいてい》感。

ドロドロの膣襞と肉傘が擦れ、腰の抜けそうな快感が瞬く。

餅を突く杵さながらに、深いところにある柔らかな子宮を何度も突いた。濃いカウパーが音を立てて漏れ、茜の子宮を汚い汁で穢してしまう。

（ああ、マジでもうだめだ）

大粒の鳥肌が、何度も背筋に広がった。

陽一は、茜の両脚を掬《すく》い上げるようにすると、膝の裏に肘を食いこませ、いっそう窮屈な二つ折りにする。

「ああ、陽一。ひいい。はひいいい」

性器の密着具合はいっそう深々としたものになった。得も言われぬ密着感に、陽一はもちろん、茜も燃える。

両手を回して、陽一の背中をかき抱いた。

肌と肌とが一段と激しくくっつきあい、陽一は茜の汗ばんだ女体の驚くばかりの熱さに震える。

「ああ、茜、蕩けちゃう。出すよ、もう出すよ」

滑稽《こっけい》なほどに腰を振り、茜の股間におのが股間を叩きつけた。
バッン、バッンと肉が肉を打つ湿った爆《は》ぜ音が響く。茜が背筋を仰け反らせ、「あ
あ、あああぁ」と感極まった吠え声をあげた。
柔らかな乳が陽一の胸に潰されて、惨《みじ》めなまでに平らにひしゃげた。
乳首の勃起が炭火のような熱さを持ち、彼の胸板に強く食いこむ。
射精へのカウントダウンが始まった。
悪寒によく似た昂ぶりを覚える。
茜の脚を解放すると、その肢体を熱っぽく抱きしめ、陽一は腰の動きにスパートを
かけた。
「あああ。うあああああ。いやん、気持ちいい。私もイク……陽一、イッちゃう！」
かき抱いた腕の中で、獣になった茜が派手に暴れて身悶えた。
茜の肌に噴きだした汗が、陽一の肌と擦れて粘っこい音を立てる。
亀頭で抉りこむ蜜壺はグチョグチョ、ヌチョヌチョと品のない汁音を響かせた。膣
襞と亀頭が窮屈に擦れ、甘い悦《よろこ》びがじわじわと湧く。
煮こみに煮こんだ精液が陰嚢《いんのう》の門扉を突き破り、ペニスの真芯を濁流のようにせり
上がった。

（もうだめだ……）

「あ、茜。出すよ。中でいいの？」

「いいの。出して。いっぱい出して。ああ、気持ちいい。イク！　イクウゥ！」

「ああ、出る……」

「おおおお。おおおおおおお！」

……ドクン、ドクン、ドクン。

恍惚の雷《いかずち》が、脳天から陽一を貫いた。

陽一は意識を白濁させ、天空高く突き抜けていくような、爽快な飛翔感を覚える。

彼のペニスは激しい痙攣を繰り返し、そのたび大量の精液を、茜の膣の底に飛び散らせていく。

そんな陽一の射精を丸ごと受け入れた茜は、彼と一つに繋がったまま、陸に揚がった魚のように、ビクン、ビクンと肢体を波打たせた。

「はうう……陽一……来てる……陽一の、温かな、精液……ああ、すごい……」

「おお、茜……あああ……」

囁き交わす二人の声はどちらも震え、いまだに興奮の名残をとどめていた。

茜の身体から、さらにぶわっと大粒の汗が噴きだす。

甘い匂いが湯気のように香り立ち、あたりに湿った熱気を放った。

（……？　菜月、さん……？）

射精をしながら菜月を見た陽一は、つい眉を顰《ひそ》めた。

それは、見間違いだっただろうか。

こちらに背を向けたままの未亡人の身体が、二人と一緒に小刻みに震えているように彼には思えた。

第三章　未開発の柔肌

1

老舗《しにせ》商社のＯＬになった菜月が、職場の先輩と結婚すると知ったのは、今から三年前のことだった。

その時はまだ、陽一は学生だった。

それなのに、もう自分の人生は終わりだとまで考え、一人で悲嘆に暮れた。

そんな彼が、愛する夫を菜月が事故で失ってしまったと聞いた時の複雑な感情は、あまり人には軽々しく言えない。

人として、たしかにどうなのかと、自分でも密《ひそ》かにうろたえたほどだった。

だが実際に陽一は、不幸な菜月に胸を痛め、悼《いた》む気持ちと同じ強さで、一筋の光明が自分の未来に点《とも》ったような、ほの暗い感情を覚えたのであった。

だから、再び火が着いてしまった菜月への想いは、意志や理性などでそう簡単に封じられるものではない。

茜の前では何食わぬ顔をして過ごせているだけでも、陽一は自分を誉めてやりたかった。

（ああ、菜月さん）

茜と思わぬ関係になってしまった翌日であった。

陽一たち三人はレンタカーを借り、海沿いの観光スポットをドライブしたり、おいしい磯料理を食べさせてくれると評判の店で贅沢な食事をしたりと、旅先での一日をたっぷりと楽しみ、宿に戻ってきた。

それぞれ入浴もすませ、菜月たちの寝泊まりする部屋に集まって、一日の疲れをまったりととっていたところである。

茜は今日一日、今までにない親密な態度で陽一に接した。

昨夜、あのような契りを交わしたのだから、それも無理からぬことだろう。

菜月の手前、ちょっぴり遠慮しながらも、いかにも恋人同士というような笑顔や態度を陽一に向け、あれこれとけなげに、彼の世話を焼いた。

二人きりのときに茜が見せる愛らしい笑顔は、とりわけスペシャルで艶めかしいものだった。

しかし、そんな風に茜に接せられれば接せられるほど、逆に陽一は戸惑った。

自分たちを気遣い、さりげなく距離をとろうとする菜月にも、胸を痛めて悲しくなった。

茜には悪いけれど、気になるのはやはり菜月だったからだ。

運命の歯車は、もう思いもよらない方向に回り始めてしまっているというのに、それでも愛しいその人を、陽一は簡単にはあきらめきれない。

「……」

卓を挟んで向かいに座る、愛しい人をちらちらと見た。

浴衣姿の未亡人は、そんな陽一を知ってか知らずか、視線を合わせようともしないで、スマホに目を落としている。

「あ、そうですか……それじゃ、今しかだめってことですね」

一方の茜はといえば、同じく浴衣姿で、フロントに電話をかけていた。

困ったように眉を顰めて考えこむ顔つきになるも、陽一と目が合うと愛くるしい笑みを向け、昨日まではなかった親密さをアピールしてくる。

「分かりました。じゃあ、これから伺います。時間は……ええ、六十分コースってことで。はい、よろしくお願いします」

茜はそう言って、フロントとの電話を切った。

彼女はマッサージのサービスについて、フロントとやりとりをしていたのである。

「やっぱり、今からしか時間が空いてないんですって。しかも、部屋には来てくれないらしいの」

出かける用意をしながら、嬉々とした様子で茜は説明した。

「じゃあ、また大浴場まで行ってくるの？」

スマホを卓に置き、柔和に笑みながら菜月が聞く。

宿泊客向けのマッサージサービスのコーナーは、展望大浴場と同じフロアで営業していた。

茜は日頃から、いろいろな専門店でマッサージを利用することが多いようだった。

今回もゆったりと温泉に浸かり、その後のんびりとマッサージを楽しみたいのだと、旅行を計画する段階から、何度も彼女は口にしていた。

「はい。ほんとはご飯を食べた後が一番いいんですけど、贅沢言ってられないみたいなんで。すみませんけど、ちょっと楽しんできちゃいますね」

茜は嬉しそうに破顔し、財布や鍵を手に、部屋を出ていこうとする。

そうなると、部屋には陽一と菜月だけが取り残されてしまう。

陽一はドギマギしながらも、ようやく二人きりになれる時が来たかと、心の中では茜に感謝もしていた。

「鍵、持っていかなくてもいいわよ。開けておくから」

「いやいや。やっぱり物騒ですから。常にかけるようにしておいた方がいいですよ。それじゃ、行ってきます」

茜は菜月に言うとおどけて手を振り、満面の笑みとともに部屋を後にした。

鍵の音がし、茜がドアノブに施錠したのが分かった。

そんな風に茜の姿が消えてしまうと、陽一と菜月の間には、早くも重たい空気が降りる。

「お……お茶飲む、陽一くん？　お風呂上がりだから、熱いものはいや？」

「あ、いや、そんなことは……」

「そう？　じゃあ、淹《い》れるわね……」

二人の間に張りつめるぎくしゃくとした空気に、気詰まりなものを覚えるのは菜月も同じらしかった。

ポットを引き寄せ、急須《きゅうす》の蓋を開ける。

品のいい楚々とした挙措《きょそ》で、熱いお湯を急須に注ぎ、二人分の湯飲みに、丁寧に熱い茶を淹れていく。

「菜月さん」

しかし陽一には、やはりのんびりとお茶など飲んでいられる余裕はなかった。

この機を逃したら、今度はいつ二人きりになれるか、分からないのである。

「昨日の夜……起きてました？」

お茶を淹れる菜月に、ずっと思っていたことを聞いた。

菜月は動きを止め、彫像のように固まる。それを見て陽一は確信した。

「……ですよね。俺も茜も、けっこう派手にやっちゃってましたから」

やはり勘違いなどではなかったのだと、ため息をつきたくなりながら陽一は言う。

しかしそれでも、溢れだす思いを、彼はどうにもできない。

「軽蔑しましたよね？　菜月さんに告白した後だっていうのに、茜と、あんなことをして」

「そんなことは……」

急須を置いた菜月は、慌てた様子で陽一に向き直った。

「き、聞いていたの、茜ちゃんから。今回の旅行の間に、絶対に陽一くんへの想いを遂げるんだって」

「そうだったんですね……」

つまり最初から、やはり菜月は茜を応援してやりたい気持ちで、この旅行に参加していたのである。

そうとは知らない陽一に、風呂を覗かれたり告白されたりして、さぞかし戸惑い、苦悶したことであろう。

「茜とあんな真似しておいて……こんなこと言える立場じゃないなんて、言われなくても分かってます。けど……」

陽一は居住まいを正して、菜月を見つめた。菜月は動揺し、泳がせた目を力なく伏せる。

「俺……やっぱり菜月さんが好きなんです」

「陽一くん」

「茜の気持ちにはびっくりしました。ちっとも知りませんでした。でもって……あんないい女に、あんな風に可愛く迫られちゃったら、正直、俺みたいな情けない男は、断りきれなかった……言い訳ですけど」

何か言いたげな菜月を制し、陽一は自分の思いを訴えた。それにしても困った状況になってしまったものだと、暗澹《あんたん》たるものを感じながら。

「でも……俺の気持ちは、昨日言った通りです」

「いけないわ、陽一くん」

もうこれ以上は聞いていられないとばかりに、菜月が陽一を遮《さえぎ》った。

「茜ちゃんの気持ち、受け止めてあげたんでしょ？　だから、昨日はあんなことまでしたんでしょ？」

それを言われると、つらかった。だが先ほども菜月に伝えた通り、情けない自分は、茜の誘惑に抗いきれなかっただけだった。

「しました……しちゃいました。菜月さんが起きてたっていうのに、目の前で、あんなこと」

「やめて……」

「それでも俺、やっぱり菜月さんをあきらめきれません」

訴えるように、開き直って陽一は言った。

現に今だって、みずみずしくも色っぽい浴衣姿の未亡人を見ているだけで、胸を締めつけられるような心地になってくる。

「陽一くん」

「こんなことになっちゃって、すごく戸惑ってます。茜に対して、どうしたらいいんだろうって、今も葛藤してます。でも……だからと言って、自分の気持ちを偽ることなんて、もうできないです」

「あ……」

溢れだす思いの激しさに、もう陽一は座ってなどいられなかった。座布団から立ち上がる。長方形の大きな卓を回って、菜月のそばに近づこうとする。

茜とのことを知られてしまったため、逆にもう、行動するしかないと感じていた。

「ちょ、ちょっと待って。陽一くん」

「好きです、菜月さん。愛してます」

「きゃあああ……」

困惑し、陽一を見上げたまま後ずさろうとした菜月に、荒々しく抱きついた。

洗い立ての浴衣の芳香と、そんな浴衣が包みこむ半熟未亡人の甘いアロマが、菜月の温かな体熱とともに、陽一を痺れさせる。

「ま、待って、陽一くん。話を……」

「菜月さん。ああ、菜月さん、菜月さん」

「あああ……」

畳の上に、陽一は菜月を押し倒した。むちむちと肉感的な女体にむしゃぶりつき、力に任せて抱きすくめる。

「こんなことする俺、いやですか？　俺なんかじゃ、全然だめですか？」

「陽一くん。放して……」

「分かってます。だめですよね。菜月さんの裸を見て、オナニーしてるような情けない男です。でも、菜月さんが好きだからです。ずっとずっと、いつだって菜月さんのことしか、考えられなかった……」

「ああああ……」

いやがって抗う艶めかしい女体に、ますます獰猛《どうもう》な痴情が湧いた。陽一が浴衣の合わせ目に両手をやると、菜月は一段と清楚な美貌を引きつらせ、

「や、やめて。お願い、陽一くん。こんなことしないで。茜ちゃんが……」

「六十分は戻ってきません。ああ、菜月さん。俺にしてみれば、ようやく手に入れた、死ぬほど貴重な六十分なんです」

「きゃあああ」

浴衣の布が、裂けるような音がした。

陽一は、衝きあげられるような激情の虜《とりこ》になっていた。抗う菜月に有無をいわせず、胸元に重なる浴衣の布を豪快に左右に割り開いた。

2

——ブルルルルンッ！

「あああああ」

「うおおお、な、菜月さん」

できあがったばかりのゼリーのように、艶めかしく跳ね躍りながら、憧れの巨乳が飛びだしてきた。

その圧巻ともいえる大きなおっぱいの迫力と量感に、陽一は息すらできないほどの昂ぶりを覚える。

昨夜も露天風呂で盗み見た通り、小玉スイカかそれともグレープフルーツかと思うような、豊満な乳だった。

そんなたわわな乳房が自らの重みに負けて鏡餅のように平らになり、たっぷたっぷとエロチックに震える。

乳房の頂きを彩るのは、淡い桜色をした乳輪と、サクランボのような乳首だった。二つの乳首は居心地悪げに、乳輪の中に埋まっている。

「い、いや。いけないわ、陽一くん。だめ。お……大声出すわよ⁉」

乳を出されてしまったことにパニックになりながら、菜月は陽一を押し返し、胸元を戻そうとした。

しかし、こんな風におっぱいまで出させてしまっては、もう陽一に後戻りなどできるはずもない。

「大声を出さないで。お願いです。ああ、菜月さんのおっぱいだ……おっぱいだ」

「きゃあああ」

目の前で揺れるおいしそうな肉果実に、陽一はもう我慢できなかった。両手を伸ばしてわっしと摑むと、菜月の乳房は苦もなくくにゅりとひしゃげて震える。

（おおお、や、柔らかい）

ようやく手にした愛しい人のおっぱいは、この世に存在するどんなものより柔らかく思えた。

練り絹か、それとも羽毛か、マシュマロか。

茜の乳房も蕩けるような柔らかさだったが、三つ年上のためか、それとも元人妻ならではということか、菜月の乳の方がさらに柔らかで、ずしりと重い存在感を伝えてくる。

陽一の股間ではペニスがムクムクと硬度を増し、一気に雄々しく反り返った。

「ああ、菜月さん……愛してます……」

二つの乳房をグニグニと揉みしだき、声を震わせて訴えた。

しかし菜月は髪を乱してかぶりを振り、

「い、いけないわ。こんなことしちゃだめなの。わ、私……陽一くんのことは、男の人だって思えない……」

覚悟を決めたというように、少し強めの口調で陽一に言う。

「えっ……」

その言葉に、胸の奥まで抉りこまれたような心地がした。大きな柔乳を二つとも摑んでいびつに変形させたまま、思わず陽一は動きを止める。

「わ……分かってます……それは分かっていました……」

たった今、陽一は完全に失恋したのかも知れなかった。けれどそれでも、このままこの人の身体からどうしたって離れられない。

「放して、陽一くん」

「放しません」

「陽一くんのことなんて、ちっとも好きじゃない」

「それももう聞きました。でも……でも……俺のこの気持ち、どうしたらいいんですか、菜月さん……⁉」

「あああ」

もう一度、乳揉みを再開させた。ねちっこい指遣いで乳肉をせりあげ、憧れの女性のおっぱいを心の赴くままに揉みこねる。

指を伸ばして、乳首を擦った。

スリッ、スリッと乳首をあやせば、淡いピンクの乳豆が、意志とは関係なくムクムクとしこり勃《た》つ。

「いや。やめて。こんなことしちゃだめ……あああ……」

「ほんとにつらいんです。……どうしたらいいか、こんな気持ちのまま、茜と旅行なんて続けられない」

「よ、陽一くん」

脅すつもりは微塵もなかった。

心からの想いを言葉にして伝えただけだ。

だが陽一の言葉は結果として、脅迫のニュアンスを帯びていた。菜月がハッと息を飲むのが分かった。

「そ、そんな……そんなこと言わないで。茜ちゃんは陽一くんのことを——」

「せめて……せめて一度だけでも、俺に思い出をください」

「……えっ」

「それであきらめます……！　だって菜月さんのこんなおっぱい揉んじゃったら、俺、とてもこのまま、何もなかったことになんて……」

陽一は上ずった声で訴えた。そして、片房の頂きに、はぷんとむしゃぶりつく。

「あああ。ああ、吸っちゃやだめ。よ、陽一く……ああああああ」

……ちゅうちゅう。ぶちゅ、ぢゅちゅ。

溢れだす想いは、積年の純愛の発露のはずだった。

それなのに、陽一が一途な行為をすればするほど、よけい菜月を困らせ、いやがらせるだけになってしまう。

「陽一くん、だめ。ああ、吸わないで、いやあ……」

「無理です。ああ、菜月さん、教えてください……男と女のいろいろなこと……んっ……菜月さんが知ってる、あんなことやこんなこと」

愛しい年上のその人に、陽一は甘えて乳を吸った。

窄めた唇で乳首を締めつけ、乳に飢えた赤子のように、品のない音を立てて吸引する。

そんな強引な乳吸いに、意志とは裏腹にせつない疼きが走るのか。菜月は混乱した様子で肢体をのたうたせ、

「だめ。あああ……」

と艶めかしい声を漏らした。

「お願いです。思い出をください。つらいけど……それであきらめます。本当です。だから菜月さん、どうか俺に、一生忘れられない思い出を——」

「そ、そんなこと言われても……ああん……」

乳を吸いながらの陽一の訴えに、菜月は色っぽい声を上ずらせた。

「わ……私……陽一くんの期待には、応えられないの」

「そんなこと言わないで。俺なんて好きじゃないのは、分かりましたから」

「違うの」

艶やかな髪を振り乱し、潤んだ瞳を困ったように細める。

「私……じ、実は……男と女のいろいろなことなんて、教えてやれるほど、け……経

験、ないの……」

「……えっ」

清楚で可憐な菜月の美貌が、見る見る真っ赤に火照っていく。

「菜月さん……」

「そんなこと、期待されても困るの。夫とだって、実はそれほど……そういう……経験があったわけじゃ……」

恥ずかしさにかられるのか、陽一と目を合わせようとはしなかった。

そんな未亡人の意外なカミングアウトに、陽一は虚を突かれる思いがする。

（それほど……経験があったわけじゃない……？　つまり……つまり——）

陽一は浮き足だった。すると、自分の愛しの女神様は、元人妻でありながらまだ未開発な女性だったということか。

（うお……うおおお……）

痺れるような歓喜と興奮で、全身が熱くなる。

我知らず、ペニスがキュンと甘酸っぱく疼いた。

菜月が陽一を拒む理由も、彼など好きではないからということより、経験不足な自分を恥じているからなのではと、勝手な思いをめぐらせた。

「お、俺が……俺が教えます」

陽一は再び、せりあげるように菜月のおっぱいを揉みしだいた。

「あ、ああん、陽一くん……だめよ、だめ……」

「俺の知ってるあんなことやこんなこと、全部全部……教えますから。ねえ、それならいいでしょ？　俺に思い出……作らせてくれますよね？」

「きゃっ」

こみあげる劣情を、陽一はいかんともしがたかった。

はだけかけていた浴衣にまたも手をかけると、強引に肩から脱がして、上半身を露わにさせる。

菜月は豊満な乳ばかりではなく、きめ細やかで色白な美肌を、あまさず陽一の視線に晒した。

「あああ、いや……」

「菜月さん、我慢できません。んっ……」

「むあああ……」

……ちゅっ。ちゅぱ。ちゅう。

(うおおお！　お、俺……菜月さんとキスを……)

再び菜月に覆い被さり、未亡人の唇を強引に奪った。ぐにゃりと柔らかな朱唇がひしゃげ、菜月は思わず背筋を反らす。

「陽一くん、いけないわ。お願い……むんぅ……」

窄めた唇で、餌をついばむ鳥のように、ちゅっちゅっと菜月の朱唇を吸った。そんな陽一のキスの責めに、菜月はいやがりながら、顔を背《そむ》けようとする。

「いやがらないで。だ、旦那さんには……いっぱい、キスをされましたか？」

「そんなこと聞かないで……」

「こんなところは？　こんなところにもキスしてくれた？」

「きゃ……」

陽一は、白いうなじに吸いついた。菜月はビクンと身体を震わせ、いっそう激しく、火照った肢体をくねらせ、暴れる。

「陽一くん、だめ……」

「こんなところは？　こんなところは？」

女性にとって、首筋は結構な快感スポットであることを、かつて陽一は恋人から教えられた。

案の定、菜月にとってもそこは過敏な部位だったらしい。

白いうなじに、何度も唇を押しつけて、キスをすると、

「あ、あ、ああああ……」

菜月は困惑したような喘ぎをこぼし、右へ左へとヒップを振った。

「やめて、陽一くん……」

「こんな風に舐められたことは？」

「ひいいい」

キスだけでは飽きたらず、舌を突きだし、ねろん、ねろんとうなじを舐めた。

粘つく唾液をべっとりと塗りたくり、うなじから耳へ、耳からうなじへと、何度も舌を移動させる。

「いやあ……」

「舐められませんでしたか？　せっかくこんな綺麗な奥さんがいたのに……」

「し、知らない。知らない……」

「俺は舐めたいです。菜月さんの綺麗な身体……こんなところも」

「あああ……」

耳の穴に舌を突き立て、唾液をまぶして舐めしゃぶった。

くすぐったさと、言うに言えない淫らな感覚がこみ上げてくるのか、菜月は首をす

くめ、

「だめ……」

声をか細くさせて、むずがるように身をくねらせる。

(か、可愛い……)

そんな未亡人の羞恥に満ちた挙措に、一段と陽一は鼻息を荒くした。

左右どちらの耳にも、ねっとりと唾を練りこんで舐め回し、うなじにも舌の刷毛で唾を塗りたくった。

「こんなところも、いっぱい舐めちゃいます」

そして陽一は震える声で宣言し、菜月の二の腕に唇を押しつけた。

3

「きゃああ。よ、陽一くん。やめて、恥ずかしい……」

「は、恥ずかしいことするんです。菜月さんが恥ずかしがる姿が見たくて、男はこんなことしちゃうんです。ああ、菜月さんの腕、興奮する……」

ちゅぱちゅぱと、陽一のキスは尻上がりに熱烈さを増した。

口をギュギュッと押しつけるたびに柔らかくひしゃげ、肉を波打たせる脂の乗った二の腕の量感がたまらない。

「そ、そんなところにまで……そんなことしないで……あああ……」

「されたこと、ないですか……」

「ないわ……ない……」

「嘘でしょ、そんなの。じゃあここは？」

「きゃあああ」

信じられない思いで、陽一は菜月に万歳をさせた。

まさかそんな展開になるとは想像もしていなかったのか。

乳はもちろん、うなじや腕まで涎まみれにぬめらせた未亡人は、悲鳴をあげて両目を見開く。

露わになったのは、それまでずっと隠れていた腋窩《えきか》の眺めだった。じっとりと湿った汗の芳香が、湯気のように香り立っていた。

「い、いや、陽一くん。放して……」

「こうされたことないですか？　ねえ、菜月さん。んっ……」

「ああああああ」

舌を突き出し、さらけ出された腋《わき》の下にぬちょりと突き立てた。

その途端、菜月は取り乱した声をあげ、電極でも押しつけられたかのように、むっちりした女体をバウンドさせる。

「ああ、ちょっとぬめってる。汗、かいてたんですね。んっんっ……」

「やだ。やだやだやだ。ひいいい」

そんな未亡人の過敏な反応と、淫靡な腋の感触に、痺れるほどの心地になった。

菜月の腋窩から香る、ちょっぴり生々しい匂いにも痴情をそそられる。ブッツと、微かに腋毛の先端が毛穴から頭を覗かせている光景にも、脳味噌が沸騰した。

「あああ。やめて。そんなとこ舐めないで。陽一くん……」

「舐められたことないんですか？」

「ないわ。ないぃ……」

「もったいないです。ああ、菜月さん、ちょっとだけ、腋毛が顔を覗かせて……」

「きゃあああ……」

じっとりとぬめる未亡人の腋窩は、ヌルヌルとザラザラの二つの感触で、陽一を妖しく酩酊させた。

鼻息を荒くして舌を跳ね躍らせ、陽一は夢中になって腋窩をこじる。

「ひいい。ひいいい。い、いやあ……」

「菜月さん、わ、腋毛のザラザラ、エロい……」

「しょ、処理する時間がなかったから……ああ、やめて。そんなとこ舐めないで、恥ずかしい……」

「恥ずかしがらせたいんです。ああ、このぬめり、腋毛のザラザラ感、た、たまらない。菜月さんみたいに綺麗な人でも、腋毛が生えてくるんですね……」

「そ、そんなこと言わないで。ほんとに恥ずかしいの。ひいいい……」

蕩けるような心地で口にする言葉は、そのまま嗜虐的な言葉責めになった。

本当に菜月の夫は、こんな責め方はしなかったのかも知れない。

それほどまでに、菜月は陽一の行為が信じられないという様子でいやいやとかぶりを振り、腋の下を舐められる恥辱にますます色っぽい涙目になる。

陽一は嬉しかった。

もちろん、想いを受け入れてもらえなかったことは、とんでもなく悲しい。

だが、下に組み敷く極上の女体が、ひょっとしたら、あんなこともこんなことも知らないまま未亡人になってしまったかと思うと、どうしようもないほど性の欲望が肥大して、陽一を下品な獣にする。

「菜月さん、腋の下、恥ずかしいですか？」

「は、恥ずかしい。お願い、もう許して……」

「これなら……お尻の穴を見られる方がまだマシ？」

「……えっ。きゃあああ」

身を強ばらせた菜月の身体を、すかさずくるりと反転させた。虚を突かれた未亡人は、畳の上に突っ伏す体勢に変えられる。

脂の乗った背筋は、まばゆいほどに白かった。しかも激しく暴れるせいか、じっとりと汗の微粒を噴きださせている。

暴れたせいで浴衣の裾がはだけ、むっちりした脹ら脛が露わになっていた。裾の乱れと飛びだす脚にも、陽一は胸苦しくなるほどの劣情を覚える。

「ああ、菜月さん」

慌てて起き直ろうとする菜月に、そうはさせじと機先を制した。乱れた浴衣の裾を摑むや、豪快に、腰の上までたくし上げる。

「いやああああ」

（うおおおお！　ああ、やっぱり、お尻もすごい）

浴衣の下から現れた扇情《せんじょう》的な下半身に、衝きあげられるほどの昂ぶりを覚えた。

むっちりと張りつめた二本の太腿が、健康的に肉を震わせる。

すらりと伸びやかな茜の美脚に比べると、むちむちと肉感的で、脹ら脛だって、子供を孕んだししゃものようにふっくらとしている。

だが、そこがよかった。

少なくとも陽一は、こんな豊かな女の人の脚が大好物だ。

「おおお、茜さん」

太腿が一つにくっつく大きなヒップを、パンティがぴたりと覆っていた。

穿いていたのは、プルバックの純白パンティだ。

縁の部分にフリルのついたセクシーなパンティは、サイズ違いのものを穿いているのではないかと思うほど、尻に吸いついて突っ張っている。

「い、いや、陽一くん、だめ……」

「お願い、菜月さん。ああ、興奮する」

いやがって尻を振る菜月に、自由を与えはしなかった。昨日目にした露天風呂での艶めかしい裸身が、改めて脳裏に去来する。

パンティに手を伸ばし、素早くズルッと尻から剝いた。

尻の割れ目も鮮烈に、二つ並んだゴムボールのような肉尻が、陽一の眼前に姿を現す。

「だめえええ」

菜月は悲鳴を響かせた。

だが、丸まった小さなパンティは、もはや下着の役目を果たさない。

一気にそれをずり下ろし、足首から脱がせて畳に投げた。

浴衣を戻して隠そうとする菜月にそうはさせず、暴れる女体を四つん這いにさせ、尻を上げさせた。

「きゃああ。いや、放して……放してぇぇ……」

「ああ、菜月さん、いやらしい……」

「い、いやああ。こんな格好だめ。だめだめ。ああ、許してえ……」

未亡人は、乱れた浴衣を腰のあたりにまとわりつかせたままだった。

白桃さながらの半熟ヒップが、天に向かって突き上がる。

「おおお、菜月さん。だ、旦那さんに……こんな風にされませんでしたか?」

今にも鼻血が出そうになった。

陽一は菜月の背後に陣取ると、乳房でもまさぐるように、双子の肉尻をふにっと掴む。

「きゃあああ」

「くうう。お尻の肉も柔らかい。ああ、菜月さん。ひ、開いたり、閉じたり……開いたり、閉じたり……」

グニグニとヒップをまさぐるだけでは飽きたらなかった。

陽一は十本の指を開閉させて柔らかな臀肉を揉みこみながら、まん丸に盛り上がる双丘を左右に開いたり、元に戻したりする。

（うおお、見えた……菜月さんのお尻の穴……）

「ああ、いや、やめて。そんなことしないで。恥ずかしい……恥ずかしい……」

「恥ずかしがってもだめです。お、お尻の穴まで見えちゃってます。ああ、お尻の穴……なんて綺麗な薄桃色……」

臀裂の底から姿を現す皺々《しわしわ》の窄まりに、陽一は焦げつくほどの沸騰感を覚えた。

恥ずかしそうにひくつく未亡人の肛肉は、乳輪によく似た桜色。

こんなところにまで可憐さを漂わせた菜月の肉体に、思わず陽一はため息を漏らす。

股間の一物は、下手をすれば暴発してしまいそうなほど、ジンジンと疼き続けていた。

「いや、見ちゃだめ。陽一くん、ああ、どうして恥ずかしいことばかり……」

「お、思い出がほしいんです。世界一好きな女の人の身体……忘れないように、目に焼きつけておきたいんです。んっ……」

「きゃあああああ」

飛びださせた舌を、予告もなくピンクの秘肛に突き刺した。

美しい人は、アナルから爆ぜた電撃に堪えきれず、けたたましい声をあげてさらにヒップを突き上げる。

「おおお、こ、こんなこと……されませんでしたか、旦那さんに？　ああ、菜月さんのお尻の穴……おおお……」

……ピチャピチャ。ねろん。

「ひいい。さ、されない……そんなことされないぃ……ああ、だめ、だめだめだめ……許して、陽一くん……あっ、あああ……」

（おお、菜月さん……どんどん声がエロく……）

清楚な未亡人を獣の姿に辱《はずかし》めたまま、アナルをねろねろと舌であやした。

菜月は上へ下へと尻を振っていやがりながらも、漏れ出す声には一段と、艶めかしいものが入り混じってくる。

「ああ、綺麗なお尻の穴。感じますか、菜月さん？　ピンクの皺々が、開いたり閉じたりしています。んっ……」

「いやああ。見ないで。そんなとこ見ちゃだめなの。恥ずかしい……あん、いや……あっあっ、ああああ……」

(声が、ますますすごいことに……)

いつもどこかおっとりとし、慎ましやかな女性だった。それが今は、いつもの菜月とは趣の異なる、切迫した様相を呈している。

「菜月さん、気持ちいい？　お尻の穴、舐められると感じちゃいます？　ああ、鳥肌が立ってる……」

見れば色白のヒップや太腿に、大粒の鳥肌が広がっている。

陽一はなおも肛肉を舌であやし、十本の指でそろそろと、ハープでも奏《かな》でるような指遣いで、菜月の尻と太腿を、甘く優しく撫で上げる。

「ああん、やめて……あ、ああ……そんなことされたら……」

「感じてるんでしょ？　お願い、感じて……一生忘れられないほど、エッチな菜月さん、見せてください……」

「ああ、そんな……だめ、もう許して。いやあ……」

「だめです、許しません。んっ……」

「うああ。ああああああ」

脳髄の芯を麻痺させながら、陽一は肉のハープを指で奏で、アナルの窄まりを舌でほじった。

「ああ、だめ。いやん、困る……ああ、あああああ……」

菜月はますます鳥肌のさざ波を激しくさせ、一瞬たりとも動きを止めることなく、
一段と日頃の奥ゆかしさをかなぐり捨て、湧き上がる肉の疼きに取り乱す。

「こんな風にされたことないですか？　ああ、菜月さん……」

「な、ないわ……ああ、やめて……あああ……」

「俺なら毎日だってしてあげるのに……こんなこと言っていいか分かりませんが……だ、旦那さん、どうかしてます……」

「あああぁ」

再び菜月の身体を反転させ、畳に仰臥させた。

もはや陽一は、露天風呂でも目にすることの叶わなかった、憧れの未亡人のもっとも淫らな肉の園を、見届けずにはいられなかった。

「うおお……？」

「い、いや……！　見ないで……そこは……そこだけはああ……」

暴れる菜月の脚を押さえつけ、陽一はグイッと左右に割った。

「ああああ」

4

菜月はおむつを替えられる赤んぼうのような格好になった。背筋を弓のようにしならせ、強制的な恥辱の体勢に、せつなげな声を上ずらせる。

(こ、これは……ああ、菜月さん……すごい剛毛！)

ようやく目にすることのできた局部の眺めに、真綿で首を締めつけられる思いがした。

柔らかそうに盛り上がる恥丘の膨らみは、とてもふっくらとしている。しかしそこに生える恥毛の繁茂は、思いのほか豪快で、もっさりとしていた。

清楚な美貌とは、いささかギャップのある生々しくも蠱惑《こわく》的な光景。

しかし逆に、それがますます陽一をそそる。

「な、菜月さん。いやらしい毛が、こんなに生えてます」

痺れるほどの情欲にかられながら、陽一は伸ばした指を秘毛の繁茂に埋めこんだ。

「きゃああ。や、やだ……陽一くん⁉」

「旦那さんに、こんな風に掻《か》き回されましたか？　こんな風にもしゃもしゃ掻き回して……」

「あああ。あああああ」

陽一はフンフンと鼻息を荒くし、まるでシャンプーでもするかのように茂みに埋めた指を動かして陰毛を攪拌《かくはん》した。

すさまじい羞恥に身を裂かれんばかりになった可憐な人は、

「いや。いやあ。掻き回さないで。ああ、そんなことしないで。あああああ」

さらにヒップを振りたくり、陽一の責めに煩悶《はんもん》する。

（ああ、見えた……菜月さんの、オ、オマ×コ……！）

暴れる女体を押さえつけて陰毛を掻き混ぜながら、秘毛の繁茂の下に裂けた、ピンクの肉洞を凝視した。

たっぷりの脂肪分を感じさせる大陰唇の膨らみを、肉厚のラビアが左右に割っている。

ラビアは思いのほか開花しており、朝露に濡れた百合《ゆり》の花のように、重たげに花弁を開いていた。

肉ビラの裏側も、膣粘膜の園も、鮭の切り身を思わせるピンク色にぬめ光っている。いやがる意志とは関係なく、膣奥深くから愉悦《ゆえつ》の汁が分泌しだしていたことは明らかだ。

「な、菜月さん……オマ×コ、濡れてませんか？　こんなことされると、やっぱり感じてくるんじゃないですか？　ほら、ほら……」

菜月の秘裂に艶めかしい潤みがあることにいっそう発奮し、陽一は秘毛の繁茂を指に巻きつけると、

……クイッ。クイッ、クイッ。

「あああ。やめて、陽一くん。そんなことしちゃだめぇ……」

緩急をつけて陰毛を引っ張り、さらに菜月の羞恥心を煽った。

ソフトに恥毛を引っ張れば、縮れた黒い毛がまっすぐに伸び、根元の毛穴が円錐のように盛り上がる。

「だめ、ああ、やめて。ああああああ」

剛毛を責め苛む破廉恥《はれんち》な行為にも興奮したが、そんな陽一の淫らな責めに、さらに取り乱す菜月の姿にも燃えた。

菜月はいやいやとかぶりを振り、白い四肢をばたつかせつつも、こみあげる劣情を

堪えきれないようだった。

……ぶちゅ。にぢゅちゅ。

「ひぃいい」

「おおお、な、菜月さん……ああ、オマ×コから、すごく濃い汁が……」

いやらしい粘着音を響かせて、ラビアのあわいから、とろりとした蜜が溢れだした。しかも蜜はところどころが白濁し、菜月が感じている恍惚感の強さを、いやでも陽一に伝えてしまう。

「い、いや、見ないで……！　もうやめて……こんなことされたら……あああ」

恥じらう気持ちを裏切るかのように、またもいやらしい音を立てて、菜月の膣は情欲の汁を分泌させた。

甘酸っぱい匂いが強い湿気とともに立ち上り、陽一の顔を撫で上げる。

「か、感じるんですよね？　ねえ、オマ×コ、舐めてほしいですか？」

そんな菜月に、陽一はもう我慢できなかった。

いよいよ愛しい未亡人の羞恥と官能の極芯を責め立てようと、火照る身体をいっそう熱くする。

「な、舐めないで……舐めてほしくない……！　ああん、陽一くん、許して……」

しかし菜月は、それでも必死に自分を抑えつける。

しつこく濃厚な陽一の責めに、火照る柔肌がいけない快感を覚え始めてしまっているのは、火を見るより明らか。

それでも何とか取り繕《つくろ》い、陽一を制してやめさせようとする。だが——。

……ぶちゅちゅ。ぶちゅう。

「あああああ」

「ほ、ほら、嘘を言っても分かりますよ。菜月さん、独り身になってから、ずっと堪えてきたんですよね？」

「陽一くん……」

「いくらそんなに経験がないっていったって、こんなことされたら、ほしくてほしくてたまらなくなってくるんじゃないですか？」

「きゃあああ」

陽一は体勢を変え、菜月の股のつけ根にうずくまる。

閉じたがる白い太腿に指を食いこませて、何度も左右に強引に割り、M字の開脚位を強制した。

ようやく解放してやった剛毛の繁茂は、縮れた毛先を乱れた状態のまま、そそけ立たせている。

長い黒髪は、惚れ惚れするほどなめらかなのに、恥丘に生える毛の方は、ちょっぴりごわごわした感じなのも、とてもいやらしかった。

「ああ、いや、だめ、そこだけは……陽一くん、お願い……」

「な、舐めさせてください、菜月さん。ああ、菜月さん。愛してます。もう俺、たまらない……」

いくら菜月が暴れたところで、もはや陽一から逃れることなど不可能だった。

「ああ、やめて……だめ、だめだめ……いやああ」

陽一は、汗ばむ女体を力任せに押さえつける。

むしゃぶりつくような勢いで、菜月の秘唇にいよいよクンニを始めようとした。

ところが——。

「——ハッ」

その時、突然戸口の方で、鍵のじゃらつく音がした。

（か、帰ってきたっ！）

陽一は血の気の引くような思いになる。

時の経つのも忘れて菜月を責め苛むことに夢中になっていたが、あっという間に夕イムリミットが来ていたらしい。

しおしおとペニスが、たちまち力を失っていく。

「はうう……」

玄関からの物音は、もちろん菜月も聞こえたらしかった。

弾かれたように身を起こすと、慌てて浴衣の乱れを直し、陽一に毟り取られたパンティを急いで浴衣の中に隠す。

陽一も一緒になって、浴衣の乱れを素早く直した。

「ただいまー。あー、気持ちよかった」

陽一と菜月は、間一髪でそれぞれの場所に戻った。

玄関のドアに続いて襖が開き、上機嫌な様子で、茜が部屋に入ってくる。

「お、お帰りなさい。もう、そんなに経った……？」

必死に何でもないふりをしながら、作り笑いとともに菜月が言った。

「六十分の予定だったんですけど、ちょっと次のお客さんの関係で、四十五分にしてもらえないかって言われちゃったもんですから。でも、四十五分でもかなり気持ちよかったですけどね。あー、でもちょっと暑い……」

菜月の問いに陽気な声で答えると、茜は部屋を横切って、縁側の方に行こうとする。

「あれ、茜ちゃん……？」

「ちょっと汗ばんじゃったんで、もう一度お風呂に入ってきます。まだ夕飯まで、時間ありますもんね」

「あ……そうね……」

茜は言うと、縁側の端のドアを開け、脱衣場に入っていった。

またも気まずい沈黙が、陽一と菜月の間に降りる。

しかもその気まずさは、先ほど以上に重苦しかった。

（まさか……陽一が、菜月先輩をそんな風に思ってただなんて……）

小さな脱衣場に一人きりになった茜は、片手でそっと胸を押さえた。

信じられない現場に遭遇してしまったショックで、心臓が激しく鳴っている。

『菜月さん。愛してます』

菜月の身体に狂おしい責めを加えながら、熱い想いを訴えた陽一の言葉を、茜はドア越しに聞いてしまった。

驚きと悲しみで、廊下にくずおれてしまいそうになった。だが何とか茜は、それを堪えたのであった。

部屋に帰ってくると、くぐもった音量で、中からの物音が聞こえていた。

それに気づいた茜は鍵を開けて中に入っていくこともできず、じっとドア越しに、陽一と菜月のやりとりを盗み聞きしたのである。

(そんな……いやよ、陽一……そんなのいや！)

胸が張り裂けそうな思いで、茜は心で叫んだ。

ようやく自分の想いを伝えられたというのに。ようやく陽一との物語を始めていけるのだと、幸せな気持ちになれたばかりのところだったのに。

(やだ……渡したくない……陽一は……もう私のものだもん……！)

菜月へのジェラシーが、劫火《ごうか》のように燃え上がった。

きっと今、自分の顔は醜く歪みきっていることだろう。

この顔だけは、誰にも見せてはならない。

茜は暗い脱衣場に立ち尽くし、唇を震わせたまま、じっと足元を見つめ続けた。

第四章　仏間での淫戯

1

菜月、茜とともに過ごした二泊三日の旅は、何とか無事に終了した。

何も知らない茜は、可愛い素顔を陽一にさらけ出し、菜月の前ではいくぶん自制しながらも、それまでの彼女とは別人のような女らしい振る舞いで、陽一に甘えた。

そんな茜に戸惑うものはありながらも、三人の関係に亀裂を生むような事態にはならずに日程を終えられたことに、陽一はホッとしていた。

二人の女性と一緒にいると、とてもではないが、心穏やかではいられなかったからだ。

とりわけ、溢れだしてしまった菜月への想いはいかんともしがたかった。

そばに茜がいるというのに、ともすれば愛しい未亡人に視線が吸着しそうになり、千々に気持ちが乱れて揺れた。

せっかく菜月と一緒にいられるのに――しかも、自分の想いはすべてもう菜月に伝えているというのに、他人行儀な顔をして、過ごさなければならないのがつらかった。

せめてもの救いは、何も茜に気づかれなかったことだ。

一日目の深夜に陽一とあのようなことがあったというのに、実は陽一の気持ちは他ならぬ菜月にあったなどと知ったら、どうなっていたか分からなかった。

それほどまでに、茜は終始幸せそうで、そのことにもまた陽一は、胸が痛むような思いにかられたのだった。

三人で出かけた旅行から、そろそろ一週間が経とうとしていた。

その間も、茜からは何度も会いたいと誘われたが、仕事を理由にして、何とか避けていた。

茜に愛を打ち明けられてから、陽一ははっきりと彼女の気持ちを受け入れる態度をとったわけではなかった。

だがあの夜以来、茜の方は、もう陽一とは恋人気取りで話をするようになっていた。

肉体関係まで結んでしまったのだから、そうなってしまうのも無理はない。拒むべきなら、あの夜しっかりと断らなければならなかったのだ。

そうした後ろめたさもあり、陽一は茜に「お前と付き合うつもりはないんだ」とは言いだせなかった。

幸せそのものの茜の姿を思いだせば、さらに口は重くなった。

（でも、そんな態度でいちゃいけないんだよな……）

自分がしていることを考えれば、そうした思いはいやでも強くなる。

現に今も陽一は、仕事を早退までして——、

（ああ、菜月さん……）

菜月が未亡人として一人で暮らす、彼女の自宅まで押しかけてしまっていた。

東京都心から四十分ほどで来られる、S県内の閑静な住宅地だった。

東京のベッドタウンであるそこは交通の便もよく、思っていたよりスムーズに、電車とバスを乗り継いで辿り着くことができた。

今、陽一は菜月の家のすぐ近くにある小さな公園で、じりじりと時が過ぎるのを待っていた。

今にも雨が降りだしそうな、重苦しい空の下だった。

先ほど玄関のチャイムを鳴らした時には、不在らしく、中から反応はなかった。

だが、このまま手ぶらでは帰れない——。

そう思った陽一は、菜月が帰ってくるのを待とうと、公園のベンチで虚しい時間を過ごし続けていたのである。

(あっ……)

ため息をつきかけ、思わず息を飲んだ。

公園を取り囲む植栽の向こう。住宅街の通りに、菜月の姿を見つけたのである。

(菜月さん)

ベンチから立ち上がり、甘酸っぱく胸を疼かせた。

どうやら買い物に出かけていたらしい。

食材をいっぱいに入れたレジ袋を片手に提げ、うつむきがちの足取りで、菜月は通りを歩いていく。

陽一は鞄を摑んだ。

慌ててその場から飛びだす。

公園を出ると、菜月は閑静な住宅街の一角にある、瀟洒《しょうしゃ》な家の敷地に入ったところだった。

門扉の内錠をはずし、石畳のアプローチを歩いていく。バッグから鍵を取り出し、玄関の錠を開けようとした。

「な、菜月さん」

門の前まで来た陽一は、思いあまって菜月を呼んだ。

いきなり名前を呼ばれて驚いた菜月は肩を震わせ、さらに、そこにいるのが陽一だと分かると、思わず息を飲み、目を見開いた。

「すみません……」

そうした菜月の反応を見れば、やはり自分は迷惑な客でしかないのだと、改めて分かる。

しかし陽一は緊張しながらも、じっと菜月を見つめ返した。

「話を……ちょっとだけ……話をさせてください」

「陽一くん……」

「お願いです」

深々と頭を下げてすがった。

玄関を開けようとした姿のまま硬直していた菜月は、そんな陽一を柳眉を八の字にして見つめ返す。

長い沈黙が二人を包んだ。

それでも陽一は、腰を折って頭を下げ続ける。

「……どうぞ」

やがて、固いものを滲ませた声で、菜月が言った。

手にした鍵でドアを開け、陽一を招くようにこちらを見る。

「あ……ありがとうございます」

陽一は礼を言い、門扉の内錠を開けた。

玄関へと続くアプローチを歩きながら菜月を見る。

陽一の愛しいそのひとの顔には、さらに固く重苦しい気配が滲み始めていた。

2

自分などとは比べものにならないほど、精悍で整った顔立ちだった。

仏壇の前に正座し、菜月の亡夫に線香を上げる。

初めて対面した菜月の夫の惚れ惚れするようなマスクに、陽一は改めて劣等感を刺激された。

玄関の右横にある六畳の和室が、仏間になっていた。

まだ真新しい仏壇の他には箪笥《たんす》が一つあるばかりで、部屋の中は広々としている。部屋の中には、むせ返るような仏花の香りが立ちこめていた。

毎日こんな風に花を飾っているのだろうか。仏壇には菊の花が飾られ、笑顔でこちらを見つめる菜月の夫の姿を彩っている。

そうした花の香りに、焚《た》いたばかりの線香の香りが混じりあった。さらに濃密な匂いが、仏間いっぱいに満ちてくる。

「今……お茶淹れるわね……」

じっと手を合わせていた陽一が仏壇の前で顔をあげると、少し離れたところに座っていた菜月が座布団から腰を浮かせかけた。

「ど、どうぞおかまいなく。このままでいいです」

陽一はそんな菜月を慌てて制し、彼女の方に近づいた。

今日の菜月は、襟ぐりが丸く開いた白いプルオーバーに、ワインカラーのロングスカートという出で立ちだった。

そうしたフェミニンなファッションが、楚々としたこの人の魅力をいっそうエレガントに強調している。

「でも、お茶……」

「結構です。菜月さん、俺がここまで来た理由、分かってますよね」

座布団から立とうとする菜月に、熱い想いをそのままぶつけるようにして、陽一は言った。

菜月は返事に窮し、困ったようにうなだれる。

再び座布団に、正座をした。

陽一もまた正座をしたまま、そんな菜月の前にすっと近づく。

距離の近さに当惑したのか、菜月はギョッと仰け反りかけ、慌てて小顔を横に背けた。

「菜月さんのことが……ずっとずっと、忘れられなかったんです」

「や、やめて、陽一くん」

こみあげる想いに衝きあげられるように、訴える声で陽一は言った。

しかし菜月はかぶりを振り、困ったように眉を顰める。

「あんなところで、やめることになってしまって……俺、正直……旅行から帰ってきてからも、あの続きがしたい、菜月さんとしたいって、それしか考えられな——」

「やめて、陽一くん。主人の前なの……」

貞淑な未亡人は、仏壇の遺影への配慮を求めた。

本来なら、場所を変えて話すべきことなのかも知れなかった。しかし、菜月を目の前にすると、陽一は堰《せき》を切ったように溢れだすせつない想いを、もうどうにもできなかった。

「菜月さん、続きがしたいです」

「お願い、もう言わないで。あの時だって私、どうしていいか分からなくて、しかたなく——」

「でも、菜月さんだって濡れていたじゃないですか……」

「ぬ、濡れてません」

「濡れてました……！」

「きゃ」

あの熱く淫らだった二人きりのひとときを、丸ごと否定しようとするかのような菜月の言葉に、つい陽一は熱くなった。

座布団の上で身を縮める肉感的な未亡人に、ふるいつくように飛びかかる。

両手にかき抱いて抱擁すると、菜月は引きつった悲鳴をあげ、ますます首を縮めて身体を強ばらせた。

「陽一くん、やめて。こ、こんなところで」

「どこならいいんですか？　どこだってだめなんでしょ、菜月さん。どこでしたって、『しかたなく』なんでしょ？」

　暴れる女体を押さえつけようと、躍起になって力を籠める。菜月はますますパニックになって、さらに四肢をばたつかせた。

　すると、そんな激しい勢いのせいで、二人は座布団から畳に倒れこむ。

「あああ……」

「つ、続きをさせてください、菜月さん。それで忘れますから。苦しいけど……つらいけど、それを一生の思い出にして、もう二度とこんなことしませんから」

「きゃあああ」

　脹ら脛まで覆っていたロングスカートを、腰の上まで一気にたくし上げた。

　スカートの中から露わになったのは、今日もまたハッとするほど純白で清潔感溢れる、小さな三角形のパンティだ。

　じめっと湿って生温かな、甘ったるくも生々しい匂いが陽一の鼻面《はなづら》を撫でる。

　スカートの中に籠もっていたらしきその淫靡なアロマに、陽一はますます鼻息を荒くした。

「や、やめて。そこに主人がいるのよ……!?」

横暴すぎる陽一の行為に、いつも柔和な菜月が、その美貌に険を滲ませて抗議した。

慌てて両手でスカートを摑み、必死に股間を隠そうとする。

「そんなこと言ったって、俺もう我慢できないです。わ、分かってます。ひどいことしてるって。けど……ああ、菜月さん」

「ああああぁ」

どんなに菜月が抵抗しようと、本気になった男が相手では、スカートを元に戻すことなど不可能だった。

その上、菜月が両脚をばたつかせて暴れれば暴れるほどに、スカートの中に籠もっていた甘い匂いがますます濃厚に、陽一の鼻腔を刺激する。

「こ、ここまででしたよね、この間は。お願いです。続きをさせてください。最後まで……お願いですから最後まで」

「きゃあああ」

今日も陽一は、清楚な美女をあられもないM字開脚姿に辱めた。

むっちりと脂の乗った白い内腿にググッと指を食いこませ、胴体の真横に並ぶほど、力を載せて両脚を抑えつける。

「い、痛い……ああ、いや。そんなに開かないで」

「ああ、今日も菜月さんが……こんな品のない格好に」

「ひいい。そ、そんなこと言わないで。痛い。ああ、やめて。ひいいいい」

菜月の悲鳴が一段と大きく跳ねあがった。

予告もなく陽一が、菜月のパンティに勢いよく顔を押しつけたからだ。

「ああ、菜月さん」

「いやああ。そんなところに、顔押しつけないで。私、汗を……」

「いい匂い。ああ、菜月さんの匂いだ……」

「ひいいい」

鼻腔粘膜いっぱいに染みる生々しい牝アロマに、陽一は下品な獣になった。

すんすんすん……。

わざと大きな音を立て、菜月の陰部の匂いを嗅ぐ。

ふっくらと柔らかな大陰唇は、マシュマロさながらの柔らかさ。グイグイと鼻を押しつければ、ふにふにとひしゃげてワレメにパンティを食いこませる。

「か、嗅がないで。匂いなんて嗅いじゃいや。いやああ」

「続きを……菜月さん、続きを。ああ、俺、ほんとにおかしくなりそうです」

鼻腔に染みこむ淫臭は、まるでドラッグのようだった。

風呂上がりだったあの時とは違い、たしかに菜月はじんわりと汗をかき、生々しい女の香りをいっそう強く沸き立たせている。

磯の香りさながらの匂いが、温室に入った時に感じるようなむんとした重さを伴って、嗅覚と情欲を刺激した。

「さ、さあ、それじゃあの日の続きです」

宣言した声は、無様に震え、上ずっていた。

最初はそんなつもりは微塵もなかったにもかかわらず、菜月の愛する夫の前で彼女を辱めることになるかと思うと、鳥肌立つほどの昂ぶりを覚える。

股間に血が集まり、一気にペニスが硬度を増した。スラックスの股間をミチミチと盛り上がらせて、巨大な亀頭が存在感を主張する。

「よ、陽一くん。いやあ……」

陽一が鼻を押しつけすぎたせいで、パンティの布がワレメに挟みこまれ、縦に筋が走っていた。

クロッチがそんな風によれてしまったため、小さな股布の左右から、思いのほか豪快な漆黒の恥毛が飛びだしている。

「ああ、菜月さん。たまらない」

陽一はクロッチに指をかけると、邪魔者を排除するかのように、クイッと脇にずらした。

「だめえええ……」

先刻からむんむんと沸き立っていた磯の香りが、一段と強くなっていく。

あの日も目にした菜月の女体のもっとも深遠な縦の裂け目が、無防備な状態で陽一の視線に晒された。

「菜月さん。んっ……」

息詰まる思いで舌を突きだした。一気呵成《いっきかせい》にワレメに刺せば、にちゃっと淫靡な粘着音がする。

「ひいい。ああ、だめ。やめて。汗かいてるの。やだ。やだやだやだ……」

「おおお……」

……ピチャピチャ。ねろん。

菜月はいやがり、捕獲された鮎のように肢体を跳ね躍らせる。

か弱い女性であるにもかかわらず、その激しい抵抗ぶりに、陽一は菜月の脚をついい放してしまいそうになる。

しかし、放してしまってはならなかった。

陽一はよけいギリギリと、白い内腿に十本の指を食いこませる。菜月の膝の外側が、畳と擦れて音を立てた。

「ああ、やめて。舐めないで。主人が……主人が……あああ……」

「だ、旦那さん。俺……あなたの大事なこの人の身体、この間もそこら中ペロペロと舐めてしまいました」

菜月の肉割れに舌を突き立て、ねろねろと舐めしゃぶりながら、陽一は仏壇の遺影に言った。

「——ひぃ⁉　よ、陽一くん、やめてええ」

菜月はもうほとんどパニックだ。

背筋をたわめて尻を振り、いやいやと髪を乱してかぶりを振る。

「腋の下も舐めました。お尻の穴だって舐めちゃいました。今日はその続きです。見てください、旦那さん。あなたの大事な人が、他の男にオマ×コ舐められてます」

「やだ。やだやだやだ。あああああ」

亡夫への卑猥な申告は、そのまま菜月への言葉の責めになった。

暴れる女体を押さえつけ、ワレメをこじるようにクンニをする。

菜月は「ああ。あああああ」と我を忘れた声をあげ、何度もバウンドして、ズルッ、ズルズルッと畳を移動した。

「いや。やめて……あああ。陽一くん、ひどい……ああ、あああああ」

激しく暴れれば暴れるほど、菜月は体力を消耗していく。

柔らかな腹が、上へ下へとせわしなく動いた。

羞恥と激しい動きのせいで、清楚な美貌が真っ赤に染まる。瞳が潤んで、ユラユラと揺れた。

「だめ。ああ、やめて。そんな……ああ、あああああ……困る。こんなところで……」

「こんなところだから、よけい感じるんじゃないですか、菜月さん」

「そ、そんなこと……!?」

「旦那さんにもこんな風にしてもらいましたか？　もしかしたら、それほど多くはしてもらえなかったんじゃないですか。んっ……」

「ああん、許して。ああ、そこは。あああ……ひいいい」

いやがる気持ちとは裏腹に、次第に華苑がほぐれだしてきたのが分かった。

ぴたりと扉を閉じていた肉ビラが、羽を広げる蝶のように重たげなラビアを開いていく。

唾液にまみれたサーモンピンクの膣穴がヒクヒクと開閉し、いけない愛の汁をほのかに滲ませ始めたかにも思えた。

(感じてる)

そんな肉窟のいやらしい反応に、陽一はさらに勢いを得た。

責めの矛先を変え、魅惑のクリトリスを、れろん、れろんと少し強めに舐め擦る。

「あああ。ああ、だめ。そんなことしたら……あああああ」

「感じてきたんでしょ、菜月さん？　旦那さんの前なのに感じてるんですよね？」

剝きだしの淫核は、もう隆々と勃起してきていた。

莢から淫核をずる剝けにさせ、丸裸にさせた肉真珠を、容赦ない舐め方で涎とともにしつこくあやす。

「あああ、そ、そんなこと言わないで。だめ、あああ……」

女体の感度を強制的に高められ、クリ豆を舌で舐められるたびに、ビクン、ビクンと、菜月は肢体を跳ね躍らせた。

可愛い未亡人は、もう今にも泣きそうだ。

妖しく潤んだ瞳をちらちらと仏壇に向け、この現実が信じられないとでも言うかのように、ギュッと目を閉じてかぶりを振る。

「あ、あなた……見ないで……ごめんなさい。うー……」

「感じてる？　菜月さん、気持ちいい？」

「き、気持ちよくない。陽一くんがこんな人だったなんて……」

「——っ！　だ、だって……だって……」

震える声でなじられて、陽一はたまらず訴えた。

「愛してるんです、菜月さん」

こうした状況で口にするには、非常識な言葉ではあった。しかし陽一は堪えきれず、心からの想いを迸《ほとばし》らせる。

ひどいことがしたいのではなかった。

結果としてそうはなってしまうものの、陽一がしたいのは、自分の一途な想いを、そのまま丸ごと菜月にぶつけて甘えることだ。

「やめて、あああ……」

息さえつけぬほど執拗に、クリ豆を舌でしつこく弾いた。そのたび菜月は背筋を浮かせ、右へ左へとヒップを振って、官能の閃きに狼狽する。

ラビアはべろんと、意志とは裏腹に開花した。

「うおおお……？」

絶え間なくひくつく牝穴からは、明らかに、発情の証《あかし》と思える濃い汁が、泡立ちながら溢れだしてくる。

3

「きゃああ。いやあ……」

陽一は、菜月の股間からパンティを毟った。

不意を突かれた未亡人は慌てて手を伸ばす。

だが、そんなことをしても遅きに失した。丸まった下着をスルスルと、陽一は菜月の足首から抜く。

「い、いや。やめて。いやあ……」

次に脱がすのはプルオーバーだった。

スカートの中から裾を抜き出す。菜月の身体から力が抜けてきたのをいいことに、万歳をさせて首と腕から抜こうとした。

「だめ。やだ。脱がさないで、陽一くん」

菜月は慌てて腕を下ろし、服を脱がされまいとする。そのせいで、服は胸の上までしか丸まらず、何としてもその先に進めない。

たわわな巨乳を包むのは、パンティと揃いの白いブラジャーだった。カップに締めあげられた双子の乳が、肉実をくっつけあって濃い影を作っている。

「セ、セックスしたいです、菜月さん。一度でいいから、菜月さんとセックスを」

暴れる女体を押さえつけるかのように、上から覆い被さった。

「ああ、いや。待って……陽一くん、だめぇ……」

陽一はネクタイをとり、シャツを脱ぎ、スラックスも脱いで下着姿になっていく。

その間も菜月は、絶望的な顔つきで目の縁に涙を溜めながら、いっときも休むことなく陽一の下で必死に暴れた。

しかし、体力にはおのずと限界があった。ずっと激しく暴れたせいで、次第に菜月は息が上がりだしてくる。

「はぁはぁ……やめて……だめ……」

「菜月さん、分かって……俺もう、こ、こんなです」

下着を脱ぎ捨てて全裸になった陽一は、猛る怒張をスリスリと未亡人の太腿に擦りつけた。

「きゃああ。や、やだ、陽一くん……」

いよいよ最悪の瞬間がやってきてしまうと、恐怖にかられたか、一度は弱まりかけていた菜月の力が、またも激しさを増す。

「一度だけでいいんです。挿《い》れさせてください。一度でいいから、菜月さんとセックスしたいです。エッチな菜月さんが見たいんです」

ペニスの焼けるような熱さと尋常ではない硬さは、もう菜月も分かったはずだった。陽一は位置を整え、いよいよ菜月の肉割れに、怒張を頭から埋めこもうとする。

「あああ、ま、待って……陽一くん、待って」

すると菜月は、たまらず畳の上をずった。陽一はそんな菜月を抱きかかえ、それ以上、上には行かせないようにする。

「い、挿れますよ、菜月さん。もう我慢できない」

「待って、陽一くん。お願いだから……」

「菜月さん……」

「お願いだから待って。い……挿れさせてあげるから。だから待って。お願い……」

菜月は声を上ずらせ、必死に陽一に哀訴した。

そんな菜月の懇願に、さすがに陽一も動きを止める。

「な、菜月さ……あ……？」

陽一の責めが止まると同時に、慌てた様子で、菜月は彼の下から身体を抜いた。

いたたまれなさそうな顔つきで立ち上がると、脚をもつれさせながら、仏壇へと近づいていく。

仏壇の遺影に白い指を伸ばした。

菜月の指は、哀れなほど震えていた。

こちらに向かって微笑み続ける夫の写真を素早く手に取る。遺影をそっと裏返し、元あった場所に寝かせて置いた。

（あ……）

プルオーバーもスカートも、乱れて丸まったままだった。

仏壇から離れた菜月は陽一に背を向け、いたたまれなさそうに畳に立つ。

身を縮めるかのごとく、少し背中を丸めていた。自分の行動にためらっているかのように、何度も脚を踏みしめ直す。

しかし、ようやく意を決したようだ。

皺くちゃになっていたスカートを元通りにすると、脇のボタンをはずし、そろそろとファスナーを下ろす。

陽一は息を飲んだ。

菜月のスカートが、その足元にすとんと落ちて丸くなった。

陽一の目の前に、抉れるようにくびれた未亡人の細腰と、そこから一転、挑むかのように左右にも後ろにも張りだした、肉の水蜜桃が晒される。まん丸に盛り上がる二つの臀丘がいやらしかった。くっきりと濃い影を刻む、臀裂の窪みも何ともたまらない。

(菜月さん……)

菜月が鼻を啜《すす》るのが分かった。

何かが床を打つ音がする。

それが涙だと分かった陽一は、今さらのように罪の意識に苛《さいな》まれた。

白い腕が背中に回った。白魚《しらうお》の指が、ブラのホックに伸びる。

プチッと小さな音がした。ホックがはずれるやストラップが力をなくし、乳房に押されてブラカップが落ちそうになる。

菜月は両手を交差させ、ずれそうなブラジャーを押さえつけた。

「うう……」

さらにせつなげに首をすくめた。しばし苦しげに逡巡する。やがて菜月はゆっくりと、白い胸からブラジャーを剝《は》がした。

「お……おおお……菜月さん……」

若さと熟れの両方が同居した二十七歳の裸身が、仏間に全貌を現した。きめ細やかな色白の女体には、まろやかな色香と峻烈な透明感が混じりあっている。それは、見る者を息苦しくさせずにはおかない、生々しいエロスに満ちていた。

陽一の脳裏に、露天風呂で盗み見たあの日の裸身が蘇る。股間で反り返った一物が、喜悦の叫び声をあげるかのように、ビクン、ビクンと脈動した。

菜月はこちらに、脂の乗った背中を向けたままだった。

しかしそれでも、彼女が今、死ぬほどの羞恥と罪悪感にかられていることが、陽一にはよく分かる。

未亡人はゆっくりと膝を突いた。丁寧に畳んだブラジャーをそっと傍らに置き、両手をクロスさせて乳を隠す。

「……どうして……私なんかがいいの……陽一くんには好きだと言ってくれる、あんな可愛い子が、いるのに……」

嗚咽《おえつ》しながら、なじるように菜月は言った。

「な、菜月、さん……」

「……一度だけよ？　私……やっぱり夫のことが忘れられないの」

「うう……」

「それに……陽一くんには茜ちゃんがいるでしょ？　お願いだから、彼女を幸せにしてあげて。一度だけ私を抱いたら、二度と私には近づかないって、約束して……」

悲壮な決意とともに、背後の陽一に、菜月は答えを求めた。

陽一がまたも呻くと、もう一度「約束して」と菜月は念を押す。

「約束できるなら……わ、私を……あげる……でも、できないというのなら――」

「ああ、菜月さん！」

陽一はたまらなかった。

いったい俺は、何の罪もないこの人に何ということをしてしまっているのだろう。

しかし、そんな感情でさえ、なぜだかよけいに彼を淫らな気持ちにさせる。

「きゃあ、よ、陽一くん……あああ……」

背後から、柔らかな裸身をかき抱いた。柔らかで、甘い匂いのする二十七歳の裸身は、少しひんやりとしている。

だが肌のおもてはそうでありながら、内側は意外なほど熱くなっていた。

「や、約束……陽一くん、約束――」

「約束します。つらいけど、約束する。ああ、でも好きだ。好きだ、好きだ」

「あああ……」

背後から手を回し、たわわな乳房を鷲掴みにした。

グニグニと、ねちっこい手つきでしつこく何度も乳をせり上げ、思いのままにこね回す。

菜月の乳は、やはり今日も、蕩けるようだった。

「うああ、よ、陽一くん……きゃん」

乳を揉みながら、タコのようにうなじに吸いついた。

ちゅうちゅうと音を立てて首を吸い、乳を揉む。菜月は陽一の腕の中で、くなくなと堪えかねたように裸身をよじり、

「だ、だめ。キスマーク、つけないで……お願い……あああ……」

「分かってます。ほんとはメチャメチャつけたいけど、我慢する……でも、俺、自信があります。絶対旦那さんより、俺の方が菜月さんのこと愛してます。身体中に、キスマークつけたいぐらいです」

「あああ……」

なおも熱っぽくうなじに接吻し、耳にもキスの雨を降らせながら陽一は断言した。

乳を揉みながら乳首をあやせば、菜月のそれは、固くコリコリとしこっている。

「あああ、陽一くん……？」

「だって、こんな素敵な人がいながら、ほとんど何もしないで死んじゃうなんて、信じられません。俺なら……俺なら……菜月さんに、『実はそんなに経験ないの』なんて惨めなこと、絶対言わせませんせん」

「うあああ……」

熱い思いのそのままに、陽一は菜月を四つん這いの格好にさせた。

小玉スイカ顔負けのGカップ乳が、自重に負けて釣鐘《つりがね》のように伸びる。

膝立ちの体勢に踏んばらされた太腿が、艶めかしい筋肉をキュッと締めたり、弛緩《しかん》したりさせる。

「ああ、菜月さん……」

痺れるような欲望に衝きあげられるまま、菜月の背後に膝立ちになった。

雄々しく反り返る極太を手にとって角度を変えれば、ペニスの上部が痛みに引きつる。

「い、挿れたかった。死ぬほどここに挿れたかった。ここに。ここに」

万感の思いとともに言いながら、亀頭でヌチャヌチャとワレメをこじった。

「ひいい。ああん、陽一くん、あ、あああ」

そんな陽一の卑猥な訴えに、菜月はせつなく身悶える。

なおも涙が、畳に滴《したた》った。

しかしそれなのに、亀頭に抉られる牝洞のとば口は、本人の意志とは裏腹に、淫らな汁音で陽一に呼応する。

「うーうー、陽一くん……」

「挿れますよ、菜月さん！」

これ以上の前戯は、もう不可能だ。

両足を踏んばった。膣穴の窪みに亀頭を押しつける。陽一は豊満なヒップに指を食いこませると、一気に腰を突きだした。

――にゅるん。

4

「あああああ」

「うおお、あ、温かい……ずおおお……」

陰茎が飛びこんだそこは、この世のものとは思えない、潤みと温みに満ちていた。

菜月は妖しく発情していた。

そんなつもりは、これっぽっちだってなかったはず。

それなのに、怒張を受け止めようとする肉壺は随喜の涙を分泌させ、陽一の強引な挿入を快適なものにしてしまう。

「あああ……よ、陽一くん……あああ……」

「おお、菜月さん……奥の奥まで……すごい、ヌルヌル……」

「し、知らない……知らないわ……！　そんなこと言わないで……」

「だって、ほんとなんです。ヌルヌルして、温かで……ああ、それに……すごい窮屈です……」

天にも昇るような多幸感とともに、ズブズブと極太を膣奥深く沈めていく。

奥へ行くほどさらに細まる、窮屈極まりない襞肉だった。その上ねっとりとそぼ濡れて、根元まで埋めたくなるような魔性を感じさせる。

「はうう、ああん、いや……」

全裸の未亡人は艶めかしい四つん這い姿で踏んばったまま、腹の底を塞ぐ外道な一物に、涙を滴らせてせつなく呻く。

そんな菜月に申し訳なさを感じつつも、同時に陽一は淫らな痴情に取り憑《つ》かれた。

「は、入りました……こんなに奥まで。ずるいです、菜月さん。泣いてるのに……本気でいやそうにしてるのに、菜月さんのここ、こんなに気持ちいいです……」

「そんなこと言わないで……」

「菜月さんは気持ちよくないですか？　こんなにヌルヌルしてるのに。ひ、久しぶりのち×ちんなんでしょ？　だめですか？　俺のち×ちんじゃだめですか？」

「きゃ……」

痺れるような情欲に衝きあげられる心地だった。

陽一は菜月の尻肉に十本の指を食いこませるや、いよいよ腰を振り、牝襞と亀頭を戯れあわせる。

……ぐぢゅる。ぬぢゅる。

「あああ。ああああああ……いや、いやああ……」

「ああ、気持ちいい……な、菜月さん……とうとう俺……菜月さんとこんなことを」

ペニスから閃く淫らな愉悦は、まるで麻薬のようだった。

陽一はグッと奥歯を噛みしめる。

口の中いっぱいに、甘酸っぱさいっぱいの唾液が湧いた。

「あうう、い、いや……あ、ああ、あああ……」

陽一が繰りだす肉棹の抽送《ちゅうそう》に、菜月の裸身は前へ後ろへと揺さぶられた。長く垂れ伸びたたわわな乳が、たっぷたっぷと房を揺らし、勃起した乳首を躍らせる。

息を飲むほど白い、シルク顔負けの美肌だった。

じんわりと汗を滲ませているせいで、ほのかな湿りを帯びているのも、何ともたまらない。

(感激だ。ほんとに……気持ちいい！)

天を仰いだ陽一は、思わず熱い吐息をこぼした。

長いこと憧れ続けた、美しい女性のぬかるみの園は、鳥肌を立てずにはいられない心地よさを肉棹に与えてくれる。

「ああん、だめ……やだ……あ……あ、あ、あああ……」

肉傘とヒダヒダが擦れあうたび、火花の散るような電撃が瞬いた。

股間で爆ぜた快感は、すぐさま脊髄を駆け上がり、脳天まで突き抜けてピンクのしぶきを散らす。

どろりと脳味噌が、崩れた豆腐のように蕩ける気がした。

理性が麻痺し、菜月を辛い目に遭《あ》わせていることは分かっていながらも、ついつい目の前のこの人を、もっともっと開発したくてたまらなくなる。

「な、菜月さん。気持ちいいです。ねえ、こんな風にバックから犯されながら、こんなことされたりしましたか？」

そう言うと、なおも腰を振りたくりながら、伸ばした指を臀裂の底にヌチョッと押しつけた。

「きゃあああ。ああ、やめて……やだ、そんなこと——」

「こんなことされたことないですか？　ほら……」

清楚な未亡人を煽るように囁くと、皺々のアナルの窄まりを、指でソフトにほじほじと掻いてあやす。

「ひいい。ああ、や、やめて……そんなことしないで……！」

「感じませんか、菜月さん？　こんなことされると、よけいオマ×コがジンジンしてきませんか？　ほら……ほら……」

……ほじほじ。ほじほじ、ほじ。

「ああ、いや、やめて……ひいい……」

陽一はアナルから指をはずすと、再びハープの使い手にでもなったように、両手の指を波打つ動きで蠢《うごめ》かせて、裸の女体に官能のさざ波を送る。

「ああん、やめて、それだめ、あああ……」

円を描くようなフェザータッチで双子の尻を撫で回した。

続いて、尻から背中へ、尻から背中へと、触るか触らないかの絶妙の力加減で指を這わせれば、白い肉肌にぶわりと大粒の鳥肌が立つ。

そんな風に官能を刺激されると、やはり女体がざわついてならないのだろう。

菜月の膣は、咳きこむように蠢動し、陽一の極太を、ムギュリ、ムギュリと絞りこんでは解放する。

（うおおお、き、気持ちいい！）

そんな風に肉棹をもてなされては、陽一もたまらなかった。

ブルリと亀頭を震わせると、透明ボンドさながらのカウパーを、菜月の膣襞に飛び散らせる。

そのまま何事もなかったかのように牡茎をピストンさせ、亀頭で襞にヌチョヌチョと、先走り液を練りこみ汚していく。

「ひいい、やめて、ああ、そんなことしたら、あああ……」

未亡人がどんなに否定しようとも、膣の潤みがしとどに増し、いっそう淫らな官能が、二十七歳の女体に満ちてきたことは間違いがない。

「感じてください、菜月さん。気持ちいいでしょ？　お願いです、少しでも気持ちよくなって……」

「ああああ」

左手でなおも尻や背中を優しくそっと撫でながら、もう一度右手の指をアナルにあてがった。

カクカクと腰を振って、牝襞に亀頭を擦りつける。そうしながらアナルをほじり、フェザータッチの責めで汗ばむ肌を執拗にあやせば、

「あああん、だめ、だめええ。お願い、それだめなの、あああああ……」

せつなさに煩悶してかぶりを振り、すぐそこにある仏壇を気にしながらも、菜月の喉からは取り乱した嬌声が迸る。

乳白色の美しい餅肌は、内側から火を点しでもしたかのような薄桃色になった。

そんな肌から、ぶわり、ぶわりと汗の玉が噴き、艶めく裸体を、さらに妖しくぬめ光らせていく。

「あああ。うあああああ……ああ、許して。もういや、ああ、あああああ……」

「おおお、菜月さん……ああ、そんなエッチな声聞いちゃったら、もう俺……」

「ひいい。ひいいいいい」

いよいよ陽一の痩せ我慢も、限界近くにまでなっていた。責めれば責めるほど、次第に日頃の慎み深さをかなぐり捨て、獣の様相を色濃くしてくる美しい人に、もはやペニスも堪えが利かない。

「ああ、菜月さん」

両手で改めて尻肉を摑んだ。

バランスをとった陽一は、怒濤《どとう》のピストンで腰の動きにスパートをかける。

──パンパンパン！　パンパンパンパンパン！

「あああ。ああああああ。ああん、よ、陽一くん……ハッ！　そ、外に……最後は外に出してくれるのよね⁉」

陽一の股間と菜月のヒップが激突し、生々しさ溢れる爆ぜ音が響いた。

さっきまで白かった尻肉は、陽一が股間を叩きつけるせいで、痣《あざ》でもできたかのように赤く染まっている。

「ああ、気持ちいい……気持ちいいです、菜月さん！　ああ、俺……もう抜けない。出しちゃだめですか？　危険日ですか？」

「えっ……ええっ⁉」

とんでもないことを口にしているという自覚はあった。

しかし陽一は、痺れるような恍惚感のせいで完全に脳髄が蕩けている。非常識とし
かいえない精神状態になっていた。
「ひいい。だ、だめ。中はだめ。き、危険日なの……ほんとにそうなの！　赤ちゃん
できちゃう……！　中にだけは出さないで！　きゃあああ……」
引きつった声で訴える可愛い未亡人に、陽一の性欲は一段とまがまがしく肥大する。
バツン、バツンとサディスティックにヒップに股間を叩きつければ、とうとう菜月
は四つん這いなどではもういられず、頭から畳に突っ伏してしまう。
「ああ、あああ、な、菜月さん……産んでください、俺の子供！　だめですか？　孕
んで……！　菜月さん、孕んで！　ああ、気持ちいい！　こんなの初めてです……」
それはいわゆる、寝バックという体位になっていた。
畳に突っ伏す全裸の未亡人は、もっちりした両脚を逆V字に開き、全身をぴたりと
畳につけて、怒濤の突きを受け止めた。
「ああ、やめて……！　だめ……だめだめだめぇ！　お願いだから最後は外に……妊
娠しちゃう！　主人が見てるの！　こんなところで……ああ、あああああ」
（おお、菜月さん……この声は、メチャメチャ感じてる！）
あんぐりと口を開け、艶めかしいよがり声を迸らせる未亡人は、困惑の嵐の中でも、

意志とは裏腹な恍惚感を覚えていた。

しかし必死にそんな自分を否定して、陽一から逃げようと四肢をばたつかせ、ヒップを振ってペニスを抜こうとする。

陽一はそんな菜月に覆い被さり、畳をずることを許さない。

グイグイと体重を載せてぬめる膣洞で怒張を抜き差しした。

平らに潰れたおっぱいが、クッションのようにひしゃげる。蜜穴がグチョグチョと品のない汁音を立てた。

「あああああ」

そうやって激しく菜月を犯せば、本人の意志とは裏腹に、未亡人の膣はさらにいやらしく蠢動した。

精子をねだるように肉棹を締めつけ、蛭《ひる》のように強く吸う。

(うおおおお！　も、もうだめだ！)

ペニスの芯が赤く焼けた。

粘る精子の濁流が、唸りを上げてせりあがる。

「だめ、だめだめだめえ！　中はだめ……陽一くううん」

「菜月さん！　ああ、気持ちいい。出します、もうだめ。出る……」

「いやあああ！　あああああ。ああああああああ！」

稲妻のような電撃に、陽一は全身を打ちのめされた。

目の裏に、白い光が音もなく閃き、視覚と聴覚が遮断される。

ドクン、ドクン……。

やがて、遠くから聞こえてきたのは、陰茎が精を吐くくぐもった音だった。

ペニスは心臓と同じ速度で、雄々しく精を吐き散らしている。

陽一はなおもうっとりと、射精の悦びに酔いしれた。

「ひううう……」

（――ハッ）

精液の放出と一緒に、悪魔のようだった自分が火照った身体から抜け出ていく心地になった。

理性が蘇り、自分が組み敷くその人を見れば、菜月はギュッと目をつむり、涙を溢れさせている。

「だめって……言ったのに……陽一くんの、馬鹿……あああ……」

「な……菜月さん……」

まだなおペニスは脈動し、相当に濃いはずの情欲の証《あかし》を菜月の膣奥に注ぎ入れていた。

陽一は見る見る青ざめ、自分がしでかしてしまったことの重大さに、今さらのように絶句した。

第五章　欲しがる女上司

1

「……そりゃ怒るわよね、その人だって。きみ、女の身体を何だと思ってるの？」

強い調子でなじるように言われ、陽一は思わずうなだれた。

陽気な酔客たちでごった返す、週末の居酒屋だった。

襖で仕切られた個室に入ってその人と酒を飲んでいた陽一は、すでにしたたかに酔っぱらってもいる。

「ですよね……」

頬がぼうっと熱く痺れるのを感じながら、自嘲的に言った。

誰に言われるまでもなく、菜月の膣に中出ししてしまったあの時以来、自分は最低の人間だと、いっときも忘れることなく悔い続けていた。

「それで……もう電話にもメールにも出てくれなくなっちゃったっていうわけね？」

「……はい」

目の前で問いかけてくるその女性は、呆れたようにテーブルに頬杖を突いていた。

松枝由佳子《まつえだゆかこ》。

陽一が働くＩＴ企業の同じ開発部署で、経験豊富な中堅主任としてメンバーを率いている、やり手の人妻ＯＬだ。

今年、三十五歳になる美貌の熟女だった。

証券会社に勤める夫とは大学時代に知りあったらしい、あまり夫の話は聞いたことがない。

今日は、そんな由佳子に誘われて、久しぶりに膝を突きあわせての飲み会だった。

陽一が新卒だった頃、由佳子はＯＪＴトレーナーとしていろいろと面倒を見てくれた。そして、その後も親身になって陽一を指導し、見守り続けてくれている、たいせつかつ特別な先輩だった。

菜月に狼藉《ろうぜき》に及んでから、そろそろ一週間になろうとしていた。

どんなに取り繕おうとしても、会社でも、どうしても顔や態度に、さらに仕事の結果にも出てしまっていた。

由佳子はそんな陽一を不審に思い、この席へと彼を誘っていた。

そして陽一は、酒が入れば入るほどに一人で悩んでいたことを吐露し始め、ついにはここに至る全貌を、由佳子に話し終わったのであった。

「……やっぱり……嫌われちゃったんですよね……ひっく……」

とうとうしゃっくりまで始めながら、陽一は由佳子に愚痴った。

柔和な美貌のその人は、頬杖を突き、垂れ目がちの色っぽい瞳を揶揄《やゆ》するように細めて陽一を見る。服はできる女風の、グレイのスーツ姿だった。

明るい栗色の艶髪が、セクシーなウェーブを描いて、肩胛骨《けんこうこつ》のあたりで毛先を躍らせている。

完全な熟れ期へと突入した爛熟ボディは菜月以上のむちむちぶり。

白いシャツの胸元を、百センチはあろうかという爆乳が、窮屈そうに押し上げていた。

「まあ、普通は嫌うわよね。危険日だって訴えている女性に中出しって……」

「す、すみません……！」

しかし今日ばかりは、そんな由佳子のエロチックな豊乳に見とれている余裕もない。

由佳子の言葉に、陽一はたまらずうなだれ、泣き崩れそうになった。

目には涙が溜まり、すぐにでも電車に飛びこみたいほどになっている。

「私に謝ったってしかたないわよ。て言うかさ、最初から、一度セックスしたらもう二度と会うつもりはないって言われてたんでしょ？　だったら、今さらメールも電話もないんじゃないの？」

お互いに、もう何杯目になるかも分からないビールのジョッキを傾けながらだった。

由佳子は色っぽい挙措でビールを飲み、ふうと小さく息をつくと、意地悪な笑みとともに陽一を見る。

「それは……そうなんですけど……」

「会いたいわけ？」

「会いたいです」

陽一は即答した。身悶えながら言葉を継ぐ。

「会いたくて会いたくて、死んじゃいそうです」

「会ってどうするのよ」

おかしそうに苦笑して、由佳子が聞いた。左手の薬指で、きらりと結婚指輪が光る。

「だから、謝るんです」

「許してくれたら？　またセックスしたいの？」

意地悪な質問をされ、くしゃっと顔が歪みそうになった。

「うー」

「うー、じゃなくて」

「したいです。あの日の幸せな気持ちが忘れられないです。ああー」

「いや、ああーじゃなくて」

泣きべそをかきかける陽一を持てあましたように由佳子が言った。白魚の指が陽一に伸び、いい子いい子というように頭を撫でる。

「由佳子先輩……」

じわりと視界が涙で滲んだ。

いい歳をして、何を泣いているのだ。

馬鹿か俺はと真剣にうろたえる。

「若いっていいわよね。私たち夫婦にも、そんな時代、あったのかな……」

由佳子の美貌にも、酔いで痺れたような気配が色濃く忍び始めていた。陽一の頭を撫でながら、遠くを見つめる目つきになって、何やら重いため息をつく。

「……先輩？」

「……女がいるのよ、うちの亭主。もう何年も前からね」

「え」

由佳子の突然の告白に、陽一は絶句した。

そんな後輩の反応に、いささか気まずくなったのか、由佳子は照れ臭そうに頭を掻いた。そして波打つ艶髪から甘い匂いを振りまき、口角を吊り上げて色っぽく笑う。

「しかもそのことに、こっちがちっとも気づいていないって思ってる。馬鹿でしょ。おめでたいと言えばおめでたいんだけど……何だろう。裏切られてる方は、ちょっと悲しいものがあるわよね」

そんな悩みを抱えていたのかと、虚を突かれる思いがした。

いつもてきぱきと仕事を続けていたこの人が、そんなヘビーな問題を抱えていただなどとは、夢にも思いはしない。

「由佳子、先輩……」

「あはは。だから……何て言うのかな……きみみたいな……鬱陶《うっとう》しいほど青臭いのが、ちょっと眩《まぶ》しかったりもするのよね」

酔いのせいでほんのりと赤らんでいた頬が、さらに朱色を増した気がした。

三十路《みそじ》半ばのＯＬは、ジョッキの取っ手に指を絡める。

ひときわ豪快に、ぐびぐびぐびっと琥珀《こはく》色の液体を、喉の奥に流しこんだ。

「松尾」

「はい」

「セックスしちゃおうか」

「はい……えっ⁉」

反射的に答えてから、言われた言葉にようやく気づき、陽一は目を見開く。

「ゆ、由佳子先輩？」

「何だか今夜は、松尾が可愛くなってきちゃった。ちょっと……つまみ食いしないではいられないって感じ？」

「はあ⁉　あ……あの」

陽一を見つめる熟女の瞳に、一気に艶《なま》めかしいものが滲みだしてくる。

垂れ目がちの色っぽい瞳が、妖しくとろんと潤みを増した。エロチックに微笑む肉厚の朱唇から、ローズピンクの舌先がねっとりと見える。

掘りごたつ式の席に、向かいあって座っていた。おもむろに立ち上がった美熟女は、器用にテーブルを回る。

あれよあれよという間に、陽一の隣に場所を移した。

「せ、せせ、先輩⁉」

「女に恥をかかせちゃだめよ、松尾。やらせなさい。んっ……」

「あ……」

熟れた柿のような匂いを振りまきつつ、セクシーな朱唇が一気に近づいた。

陽一の口に熱っぽく押しつけられる。

（うわあ……）

その途端、強い電気が股間に走った。

ビリビリと股間を焼いた電撃は見る見る脊髄を駆け上がり、今度は脳髄が甘酸っぱく痺れる。

「由佳子先輩……んあ……」

「由佳子さん、でいいわよ。ただし今日だけね。んっ……」

……ピチャ、ちゅぱ、ちゅぷ。

「むおお、ちょ……だって、俺……」

強引に唇を奪った人妻は、グイグイと美貌を押しつけ、貪るように陽一の口を吸う。

「由佳子せ……ゆ、由佳子さん。待って……俺は今話した通り……」

「忘れなさい、今は」

「は⁉」

「菜月さんのことも茜ちゃんのことも。私だって亭主を裏切ってこんなことしてるんだから。それとも、私なんかとこんなことするのはいや？」

「そ……そんなことは」

「だったら四の五の言わない。男でしょ。んっ……」

「ずおお……」

とうとう由佳子はローズピンクの舌まで突きだし、彼にも舌を強要した。

驚きのあまり身体を硬直させた陽一は、突然の事態にまだなお面食らっている。しかし、

「ほら、舌出しなさい。松尾、命令よ。もっと……もっと」

「おおお、ゆ、由佳子さん……むはあ……」

乞われるがまま出した舌を、ピチャピチャと由佳子に舐め立てられる。

ズキュン、ズキュンと、不意打ち気味の快感が、立て続けに股間を急襲した。そんな由佳子のキスの責めに、意志とは関係なく、いけない酩酊感が増してくる。

「松尾、あなた可愛いわよ。そういう一途な気持ち、忘れちゃダメだからね」

「由佳子さん……」

「でもって、今夜のことはすぐに忘れなさい。わかった？」

「ああ……」

「返事」

「わ、わがりまじだ……」

熱っぽさいっぱいの吐息とともに答えを強要され、舌をもつれさせながら陽一は答えた。

擦れあう舌から甘くせつない電気が弾け、四肢の隅々にまでシミのように広がって、彼の身体を麻痺させていく。

スラックスの中では、ペニスが一気に硬度を増し始めた。

だが思いもよらない展開に、男根もまた、いささか戸惑っているようにも感じられる。

「うう、由佳子さん、こんなことされたら、俺……」

「いいのよ、獣になりなさい、松尾。ねえ……私を好きにして……」

「おおおお……」

これはひょっとして夢ではあるまいか。

陽一はそう思いながら、一段と淫らな昂《たか》ぶりを覚えた。

この近くにラブホテルなどあっただろうかと、頭の片隅で、素早く地図を広げながら……。

2

「由佳子、さん。んっ……」

「松尾……んっんっ……」

熱いシャワーが、裸の二人を勢いよく叩いた。

陽一と由佳子は、熱い飛沫《しぶき》に剝きだしの肌を晒しながら、居酒屋でのキスの続きに耽《ふけ》っていた。

運よくチェックインできた、ラブホテルの部屋だった。

服を脱ぐのももどかしく全裸になった二人は、バスルームへと飛びこむや再び熱いキスに耽り、互いの裸身を抱擁しあいだしたのである。

「松尾とのキス……むはあ、気持ちいいわ。夢中になっちゃう……」

「ああ、俺も、です。んんぅ」

ピチャピチャと、互いの舌を擦りあわせながら、二人して熱でも出たようにぼうっとしあった。

そんな接吻をひとしきり。

ようやく由佳子は、名残惜しそうにしながらも、青年から舌を放す。

「由佳子さん……」

口と口との間に、粘つく唾液の橋が架かった。

粘度の高い涎《よだれ》の橋が、自重に負けてU字にたわむ。二つに千切れた。バスルームの床へと、垂れ伸びながら落ちていく。

「キス、意外に上手ね……」

「そ、それほどでもないです……」

「フフ、それじゃ、上手なキスのお礼、してあげないと」

「あ……」

会社では決して見せないその笑みは、好色な気配を漂わせていた。

由佳子にエスコートされ、バスタブの縁に腰かける。

ラブホテルとはいいながら、ゴテゴテとしたよけいな装飾や演出のない、実にシンプルな内装と調度品の部屋だった。

それは浴室も、もちろん同様だ。

足を伸ばして入れる広々としたバスタブと、大人が二人で使っても狭さを感じさせない、広々とした洗い場を擁している。

「ンフフ……」

癒し系の熟れ美貌をほんのりと紅潮させ、全裸の人妻は陽一の前に膝立ちになり、ボディソープのボトルからたっぷりの粘液を手に取った。

両手を使って一気に泡立て、白魚の指を泡まみれにする。

「うう、由佳子さん……」

そんな由佳子の艶めかしい姿に、陽一は息詰まる気分になった。

どこもかしこもむちむちと柔らかそうな、熟れに熟れきった女体である。

酒と淫らな昂ぶりに加え、お湯のせいでいっそう上気したもっちり肌が薄紅色に染まり、雪の下に咲く紅梅さながらの色香を見せつけている。

しかも、胸元に膨らむたわわな爆乳のボリューム感はどうだ。

服の上から見た通り、百センチ超のおっぱいは、焼きすぎて膨らんだお餅のようにぷっくりと盛り上がっていた。

鳶《とび》色をした乳輪は、いささか大きめだ。いくつもの粒々をいやらしく浮かばせ、真ん中の乳首をせり上げるように突きだしている。

しかし、ヴィーナスの丘に生える陰毛は、逆にひっそりと控えめだった。刷毛で一筋、すっと撫ででもしたかのような黒い毛が、柔らかそうな恥丘を彩っている。

「フフ、こんなにおっきかったのね、松尾のち×ちんって……」

由佳子の美貌の前には、隆々と勃起した陽一のペニスが天を向いて勃《た》っていた。

由佳子はそんな極太を興奮した顔つきで見つめると、膝の位置を直し、両手でペニスをヌチョヌチョと洗いだす。

「ぐお、ぐおおお……ああ、由佳子、さん……」

「まあ、こんなにピクピクして……お魚みたいね、松尾……あん、すごい……」

今までそんなところに一度として行ったことはなかったが、何だかソープランドのお姉さんに奉仕してもらっているような気分になってくる。

石鹸にまみれてヌルヌルになった由佳子の指は、鳥肌立つほど心地いい。

「ああ、そんな……うう、き、気持ちいいです……おおお……」

「フフフ……男の人って、こういうことされるのほんとに好きよね。でもって……こんなこととか……？」

「うおっ……」

淫靡な笑みを口元に浮かべながら、由佳子は色っぽい上目遣いで陽一を見た。

ぬめる五本の細指で、陽一のペニスを握りしめる。

そうしながら、もう一方の手は肉棹から下降し、胡桃《くるみ》のように締まった皺々のふぐりをにぎっと摑んだ。

「うわあ、ゆ、由佳子さん……ずおおお……」

なおも艶めく笑顔のまま、防戦一方の陽一を色香で射すくめながらであった。

しこしこと片手で棹をしごいて愛撫しつつ、陰嚢を包みこんだ指をにぎにぎと開閉させてキンタマを揉む。

「うおお、そんなことされたら……」

陽一はたまらず全身を強ばらせ、天を仰いで顎を突き上げた。

「フフ、気持ちいい？　いいのよ、もっと気持ちよくなって……こうすると、さらにいいのよね？」

そんな陽一の反応が、嬉しくてしかたがないという様子だった。

由佳子はさらに口元を吊り上げる。

形のいい小鼻から断続的に鼻息を漏らし、棹から亀頭へと、まさぐる箇所を移動させた。

「うわ。うわあ……ああ、気持ちいい……」

ぬらつく指で揉みほぐすように鈴口をあやされ、悪寒のような鳥肌が駆け上がっていく。

陽一のペニスは、ガッツポーズを決めた男の前腕さながら。身も蓋もないほどの力強さで、天へと反り返っていた。

張りつめた亀頭は、まるで繊細な神経が剝きだしになったかのようだった。由佳子の指で擦られるたび、甘酸っぱい快感が線香花火のように閃く。

「気持ちよさそうな顔しちゃって……可愛いわ、松尾。うちの亭主とは大違い」

由佳子はなおも亀頭をあやし、陽一の身体に卑猥な快感を注ぎこみながら、ねっとりとした笑顔になった。

「由佳子さん……あああ……」

浴室にはもうもうと、白い湯けむりが立ちこめていた。

二人の身体に、すでにシャワーは当たっていなかったが、陽一が暑いと感じているように、由佳子のほうも美貌をますます紅潮させている。

完熟の美肌からは、湯の滴りとは明らかに違う、透明な玉が噴きだしてきていた。

妖艶《ようえん》な小顔もじっとりと汗を滲ませて、濡れ場ならではの汁だく感を強調している。

「うう……ああ、ゾクゾクする……」

キンタマを優しく握り潰され、亀頭を揉みほぐされる快感は、酔った身体には禁断の劇薬だった。

心には菜月という女性がおり、さらに茜という恋人もどきの存在までいる。

それなのに陽一は淫らに欲情し、ついには目の前の、この美しい熟女のことしか考えられなくなってくる。

(最低だな、俺……)

頭の片隅でそう思いはするものの、もはや抗うことなどできなかった。

由佳子のぬめる指の中で、ビクビクと陰茎が脈動する。

皺袋をしつこくまさぐられる下品な悦《よろこ》びに堪えきれず、袋の中で睾丸《こうがん》が、煮立てられるうずらの卵のようにせわしなく跳ね躍った。

「フフ、ゾクゾクするの？　いいわ、もっとゾクゾクさせてあげる……」

「……え。あっ」

鳥肌を立てて興奮する陽一の反応に、さらに気分をよくしたのか、由佳子は両手を陽一から放すと、今度は自らたわわな乳をせり上げた。

(こ、これは⁉　おおお……)

……ふにっ。

「ぐおおお、ああ、ゆ、由佳子さん……」

温みとぬめりに充ち満ちた巨大な肉塊に、左右からペニスを圧迫された。

ほどよく温めたプリンかゼリーか、それともこれは絹ごし豆腐か。

二つの熟れ乳を両方いっぺんに押しつけられ、陽一はたまらず、どぴゅっとカウパーを尿道口から噴く。

飛びだした粘液は、由佳子の大きな乳の谷間にべっとりと粘りついた。

「あん、すごい。フフ、先走りまで、こんなに元気に飛び散らせて……」

「ご、ごめんなさい……」

「いいのよ、もっと飛び散らせなさい……」

「わわっ、うわあ……」

3

……ぬちょ。ぐちょ、ずちょ。

膝の間に立ち膝になった美熟女は、上へ下へと自ら乳肉を揺さぶった。

青年のペニスは、ホットドッグのパンに挟まれたソーセージにでもなったよう。

色白のおっぱいにムギュッと圧迫され、押しくらまんじゅうでもされるかのように、擦られ、抉《えぐ》られて棹が震える。

「ぐおお。ああ、き、気持ちいい……」

量感溢れる乳肉が、ブルン、ブルンと肉のさざ波を立てながら、リズミカルに揺れた。

乳のサイズとお似合いともいえる大きな乳輪が、上へ下へと突かれる鞠《まり》のようにせわしなく動き、乳首から糸を引いて熱い汗を飛び散らせる。

蕩《とろ》けるような心地とは、まさにこのことだった。

温かで柔らか、しかも尋常ではない大きさを持った練り絹さながらの乳肉に亀頭を擦られ、陽一は全身が飴《あめ》のように溶けていく。

「あん、すごい……おち×ちん、よけいに大きく……」

「そ、そんなこと言っても……うう、気持ち、よすぎて。おおお……」

しかし陽一の怒張だけは、溶解とは逆にさらに硬さと太さ、長さを増した。

いけない情欲を満タンにした海綿体がパンパンに張りつめ、野太い血管をゴツゴツと棹の表面に浮き上がらせる。

「はうう、すごいわ、松尾……あなた、可愛い顔して、こんなに逞《たくま》しいち×ちんを隠し持ってただなんて……減俸ものね……むああ……」

「うおっ⁉　な、何を言ってるんですか……あああ……」

とうとう由佳子の奉仕は、パイズリだけではすまなくなった。

艶やかな頰を真っ赤に染めた人妻は、乳でペニスをしごきつつ、亀頭に向かって首を伸ばしたかと思うや、

「ずお……ずおおお……」

「感じる、松尾？　ああ、亀頭……こんなにプニプニさせて……」

乳の狭間《はざま》から息苦しげに飛びだす鈴口に、今度はざらつく舌の責めを繰りだした。

右から、左から、さらには裏スジをちろちろと。

緩急自在に変化をつけた舐め方で、男が感じる部分を巧みに舐め立てる。

「ああ、だめ、由佳子さん、気持ちよすぎる……おおお……」

どろぴゅとまたもカウパーが散った。

「きゃん⁉　ああ、また先走り……そんなに私に舐めてほしい？」

「うわ……」

……ピチャピチャ。ちゅう、ピチャ。

たまらず漏らした粘液を、由佳子はすぐさま、下品な音を立てて舐め取った。さらにはそれを唾液に加えて潤滑油にして、さらに激しく亀頭を舐める。

「あああ、たまんない……チ×ポ……そんなにいっぱい舐められたら……」

「だめよ、まだ降参なんてさせないんだから。松尾、こうでしょ？　こんなことも、されたいのよね……」

はぁはぁと息を荒げて亀頭を舐めていた。

すると由佳子は一転、いきなり頭からカリ首を丸呑みする。

「うわあああ」

温かでヌルヌルした粘膜が、締めつけるように亀頭を包んだ。

そのあまりの快さに暴発してしまいそうになり、陽一は慌てて尻を窄《すぼ》める。

「松尾……ああ、すごい……口の皮、裂けちゃう。んっ……」

「あああ……」

由佳子の口はまん丸に突っ張り、人相ががらりと一変していた。

逞しいペニスの胴回りの太さに堪えきれず、三百六十度全方向に口が開いて突っ張っている。

それは、見てはいけないのではないかと思うような眺めだった。

しかしそんな顔つきになってまで、自分の猛りを咥《くわ》えてくれているかと思うと、陽一はたまらなく幸せな心地になる。

「あん、松尾。んっ……」

「うおお……」

由佳子は卑猥な啄木鳥《きつつき》になった。

前へ後ろへとしゃくる動きで首を振り、激しい汁音を響かせて、陽一の怒張を舐めしごく。

肉厚の朱唇は、キュッと窄まったままだった。

締めつけるような強さで棹をしごかれ、陽一は無様な呻き声をあげる。

ぬめる粘膜が棹から亀頭へとシームレスな強さで移動するたび、カリの出っ張りと粘膜が擦れ、腰の抜けそうな瞬きに襲われた。

しかも、百センチ巨乳のパイズリ責めである。

コンニャクさながらの柔乳が絶え間なくペニスを締めつけ、あやし、亀頭から根元まで満遍《まんべん》なく擦り倒す。

その上、由佳子のざらつく舌が、ねろん、ねろんと疼く亀頭を執拗に舐めた。

これを男の天国と言わずして、何と言うべきか。陽一は酒の酔いも手伝って、不埒な気分に拍車がかかる。

「うう、由佳子さん。気持ちいい……ねえ、もう挿《い》れたいよ……！」

獰猛な感情が、恥骨の底から突き上がってくるかのようだった。

もう座ってなどいられず、熟女の乳からペニスを抜くと、弾かれたように腰を上げる。

「あっ、あん、松尾……」

由佳子の腋の下に両手を入れ、強引に立たせた。

妖艶な人妻ＯＬの乳房が、たっぷたっぷと派手に躍る。由佳子は陽一にされるがまま立ち上がり、彼に導かれてくるりと裸身を反転させた。

「あああ……」

「由佳子さん、も、もう精子出ちゃいそう。でも、出すならここで出したいんだ。由佳子さんのエッチなここで」

足元をふらつかせる由佳子を支え、壁に両手をそっと突かせた。

再び二人にビチャビチャと、さっきから出しっぱなしにしていたシャワーの飛沫が降りかかる。

「はうう、松尾……どこで？　ねえ、どこで？」

「ここ。由佳子さんのここ」

欲情極まった大人同士のやりとりは、いやでも下品さと滑稽さを増した。

立ちバックの体勢で由佳子に尻を突きださせるや、ソープと由佳子の汗、唾液にまみれた反り棒を、熟女の秘割れにヌチョッとあてがう。

「ひはああ……松尾……そこ？　そこなの？」

「うん、ここ。由佳子さんのいやらしいここ。ここ、ここ」

「あああ。うあああああ」

亀頭でワレメをほじるようにあやせば、由佳子はもうそれだけで、淫らな歓喜を露わにした。

弓のように背筋を反らし、尻まで高々とさらに上げる。

その分、足は爪先立ちになり、脹ら脛の筋肉をあだっぽく震わせながら、小刻みな痙攣を繰り返す。

「挿れるよ、由佳子さん。由佳子さんもほしいでしょ？」

「ああ、ほしい。挿れて。松尾、早く挿れて！」

「うおお、由佳子さん……」

我を忘れた由佳子の哀願に、陽一はとうとう腰を突きだした。

「ああああ」

その途端、陽一のペニスはヌルヌルと温かな肉の亀裂に勢いよく飛びこむ。

汗と湯にまみれた由佳子の裸身は、どこもかしこもずぶ濡れだった。だが陽一は、一番濡れているのは間違いなくここと確信する。

「おお……ああ、いやらしい。こんなにオマ×コが濡れて……」

怒張を包みこむ牝肉は、まるで探し求めていた獲物にようやく食らいつくことのできた、卑猥な軟体動物のようだった。

潤み具合も淫靡な温みも、はっきり言って極上クラス。

その上合体した最初から、波打つ動きでウネウネと蠕動して、さらに奥へと陽一の亀頭を引っ張りこもうとする。

「ああん、松尾……ひ、久しぶりなの……ほんとはもうこんなこと……しばらく男の人と、したことなかったから……あああ……」

(そ、そうだったのか)

男の一物を飲みこみながらの、感極まっての告白に、陽一は甘酸っぱく胸を塞がれた。

夫に浮気をされていると分かっても、自分は決して裏切らなかったのだろう。

そんな由佳子が、たとえ酔った勢いとはいえ自ら作った枷《かせ》を解き放ち、陽一を受け入れてくれたことに誇らしい気分になる。

「は、入ったよ、由佳子さん。すごい奥まで、チ×ポがずっぽり……」

ヌプヌプと男根を埋めこんだ陽一は、肉棹を丸ごと包みこむ、淫肉の感触に鳥肌立つほどの感激を覚えた。

肉づきのいい恥丘に裂けた牝洞の中は、同じような肉づきのよさを感じさせる。

たっぷりのぬめりに満ちたヒダヒダの裏側に、ビッシリと肉と脂肪が漲《みなぎ》りきっているかのような圧迫感。

その上、ヒダは極悪で、まだ動き始めてもいないのに、吸いつく動きでペニスを刺激する。

「あああ、松尾……入ってる……すごい奥まで、松尾の硬くておっきいのが……」

壁に手を突いた全裸の美女は、熟れた女体に満ち溢れてくる悦びを持てあましたかのように、うっとりとした顔つきでため息を漏らした。

長めに揃えた形のいい爪が、洗い場の壁に食いこまんばかりになっていた。

由佳子はプリプリと尻を振り、さらなる行為を陽一にねだる。

「ねえ、松尾……早く。ああ、早く……」

「う、動くよ、由佳子さん。マ×コ肉、チ×ポで掻き回してほしい？」

「ああ、掻き回して。いっぱい掻き回して。私のマ×コ肉。松尾のチ×ポで掻き回してえ！」

「おお、由佳子さん」

酔いに任せて強要した卑語を、由佳子は上ずった声で叫ぶように迸らせた。

かつてOJTトレーナーとして自分を指導した、知性溢れるやり手のOL。だがどんな女性だって、一皮剝けば、ここまで可愛く落ちてくれるのだ。

「ひいい。ひいいいいい」

陽一は痺れる思いでガツガツと、雄々しく腰を振り始めた。

発情しきった大人の女の、心の本音を丸ごと伝えるかのように、ぬめる女陰が、ぐっちょ、ぬっちょと重く粘つく汁音を響かせる。

「うわあ、由佳子さん、気持ちいい……由佳子さんのマ×コが、俺のチ×ポに吸いついて……ちゅうちゅう、ちゅうちゅう、吸ってくる……」

陽一が感じる激感は、まさに思わず漏らした言葉そのものだった。

無数の蛭が棹と亀頭に吸いついて、精子をねだるかのように吸り立ててくる。

「ああん、知らないわ……アソコが勝手に……ああ、松尾、私も気持ちいい！」

バックから突き上げられるように犯されながら、由佳子は妖しい恍惚にまみれた声を跳ねあがらせる。

たわむ背筋に、背骨の凹凸《おうとつ》が浮き上がっていた。

シャワーの飛沫がそんな女体を容赦なく叩き、白い背筋を滝のように滴り落ちる。

「アソコってどこ、由佳子さん」

エロチックによがる会社の先輩に、身体も心も君臨しているような心地になった。

陽一は腰を振り、バツン、バツンとまん丸なヒップに股間を叩きつけながら、さらなる卑語を要求する。

「うあああ。オ、オマ×コ……私のオマ×コお」

「寂しかった、由佳子さん？　ずっとチ×ポ嵌《は》めてもらえなくて」

「寂しかった……ずっとずっと寂しかったあ。ああ、松尾、もっとして。もっと」

「でっかいチ×ポ気持ちいい？」

「気持ちいいの。ああ、気持ちいい。でっかいチ×ポ感じちゃう。ああ、松尾お」

恥悦を露わにしてよがる可愛い熟女に、陽一はもうたまらなかった。

パイズリされた時から今にも漏れそうだった精液が、陰嚢の中でグツグツと滾《たぎ》った。

これはもう長くは保たないと、痺れる心地でぼんやりと思う。

「ああ、由佳子さん。そろそろ、出ちゃいそう……」

背後から身体を押しつけ、両手を回して乳を摑んだ。

「あああああ」

三十路半ばの完熟乳房は、やはり二十代の乳とは感触が違う。

降り積む雪の中に指を突っこんだような柔和さで苦もなくひしゃげ、陽一の指の動きに合わせ、無限に変形して乳首の位置をせわしなく変える。

しかもこの雪は、ヤケドしそうなほど熱かった。ずしりと重い柔乳を、陽一は夢中になって揉みしだく。

「ひいいん、松尾……あ、あ、乳首も。ねえ、乳首もおお」

「くうう、由佳子さん……」

「ひはあああ」

由佳子に乞われるがまま、乳を揉みながら指で乳首を擦り倒した。

由佳子はビクビクと裸身を震わせ、いっそう強く、肉壺で怒張を絞りこんでくる。

「おおお、由佳子さん。だめ。そんなにチ×ポ締めつけられたら、もう出る……射精するよ！」

さざ波のように背筋に立つ鳥肌は、一つ残らず大粒だった。陽一は再び由佳子の背中から離れ、くびれた腰をわっしと摑む。

「ひいいん。松尾……ああ、松尾」

——パンパンパン！　パンパンパンパン！

「あああ。うあああああ」

可愛いこの人を慈《いつく》しみたいと思う気持ちは、不可解なほどサディスティックな攻撃本能に変質した。

由佳子の爪先が床から浮き上がってしまうかと思うぐらい、下から雄々しく突き上げる。

そんな陽一の猛々しい勢いをまともに浴びた由佳子は、もう手だけでは自分を支えられなかった。

「ひいいん。ああ、激しいの。すごい。気持ちいい。気持ちいい。あああ」

目の前の壁につんのめるように裸身を預け、陽一の突きに狂喜する。横顔と乳房が、窮屈なほど壁に密着し、さらにグイグイと圧迫された。

激しく淫らな子作り行為はいよいよ狂乱の度合いを増す。

連打、連打で怒濤のピストンを送りこめば、尻肉が震えてひっきりなしにさざ波が立った。

ワレメのほころびから泡立つ蜜が溢れだし、白濁したそれが、滴る湯とともに洗い場の床へと粘り伸びる。

「ああ、松尾。あああああ」

乳房が平らに潰れていた。

陽一が、大きなヒップを突き上げるたびにさらに潰れ、由佳子の身体の左右から、はみだした乳が飛び出してくる。

(ああ、出る!)

いきり勃った極太が甘酸っぱく痺れた。

口の中いっぱいに、我慢の酸味に満ちた濃厚な涎が分泌する。陽一は奥歯を噛みしめて、スパートの抽送で秘唇を抉った。

「あああ。うあああ」

由佳子がガリガリと、目の前の壁を掻き毟る。ピンクの爪先が白くなり、尋常ではない力をこめて掻いているのがよく分かった。

「松尾、イイ!　私もイッちゃう……」

「由佳子さん。ああ、イク……」

「ひいいい。あっああああああ!」

オルガスムスの電撃が、陽一の裸身を震撼させた。

火を噴くような激しさで、猛る怒張が痙攣を始める。

咳こむペニスは蛇腹《じゃばら》のように波打って、煮詰めに煮詰めた精液を、由佳子の膣奥に注ぎ入れた。

「あ……あああ……松尾……」

どうやら一緒に達してくれたようだった。

見れば由佳子もビクビクと、火照《ほて》った裸身を震わせてアクメの快感に耽溺している。

朱唇があんぐりと開いていた。

由佳子の唇からは粘つく涎が溢れ、細い顎から滴って、ブラブラといやらしく揺れている。

「ゆ、由佳子さん。ああ、気持ちいい……」

「あああ……」

シャワーはなおも、裸の二人に降り注いだ。

雨によく似た騒音が、浴室の大気を震わせた。

射精はなかなか、終わろうとしない。

甘く激しい交接の余韻に、陽一はどっぷりと浸りきった。

二人はなかなか相手から離れようとしないまま、長いこと、乱れた吐息を整え続けた。

第六章　別れの蜜交

1

「ふう。やれやれ……」
まだ月曜日が終わったばかりだというのに、陽一は何だか疲れていた。
いろいろな意味で、疲労が蓄積してきているのかも知れなかった。
アパートへと続く夜道を辿りながら、もう何度目になるか分からないため息を漏らす。
どんよりと、身体も心も重い原因は、すべてだめな自分にあると分かっていた。
しかしどうしても、陽一は心を鬼にできない。
茜のことを思いだせば、またも心は千々に乱れた。

週末も、茜から時間を作れないかと誘われた。食事をご馳走するから、家に来ないかというのである。

スマホを握る手に、じわりと汗が出たものだった。

話をするなら今しかないぞと、もう一人の自分が心で背中を押そうとした。

だが結局、肝心な話はできないままだった。

いろいろと立てこんでいるからなどと愚にもつかない理由で誘いを断り、またも曖《あい》昧《まい》な形でお茶を濁した。

「せっかく……由佳子先輩にまで元気づけてもらったのにな」

先週末の、職場の美しい先輩との甘く熱いひとときを脳裏に蘇らせ、またも重苦しいため息をつく。

『そんなに好きなら、男としてけじめをつけなさい、松尾。菜月さんと付き合えるかどうかは二の次。自分を想って待ってる人に、つらい思いをさせちゃいけないわ』

行為が終わると、由佳子はそう言って陽一に檄を飛ばした。

陽一はそんな由佳子の言葉に心から同意し、「分かりました」と約束すらしたものだ。

それなのに、やはりどうしても、勇気が出ない。茜を傷つけてしまうことになると思うと、決定的な瞬間を、少しでも先延ばしにしたくなってしまう。

昔から、いつだって自分はこうだったと、いやになりながら陽一は思った。

逃げられるものなら逃げ回るだけ逃げ回り、何もなかったことにして、人生の先を続けたい――そんな身勝手な気持ちが、正直自分の中にはあった気がする。

たくさんの人の愛と好意を、たっぷりともらっているにもかかわらずだ。

そうした弱くずるい自分が、今回もまた、自分の存在を主張していた。

陽一はまたも、ため息をつく。

アパートは、K県の郊外にあった。

駅から徒歩で十分ほど。

閑静な住宅街の一角にあるアパートで、大家の家がある広大な敷地の一角に建物はあった。

（……え？）

敷地に入った陽一は、眉を顰《ひそ》めた。

彼が暮らす1DKの部屋は、アパートの二階の奥にある。

（ど、どういうことだ）

その部屋から、温かな明かりが外へと漏れていた。

出かける時には間違いなく、点けっぱなしで出てきていない。

(まさか……泥棒⁉)

思わず全身に緊張が走った。

だが堂々と明かりを点け、こんな帰宅時に仕事をしている泥棒というのも、何だかおかしな話である。

不安な気持ちになりながら、足音を忍ばせて鉄階段を上がった。

共用廊下もそろそろと、これでは俺が泥棒ではないかと自分に突っこみを入れたくなるような足取りで、部屋の前まで進む。

(あ……)

すると中からは、食欲をそそるいい匂いがした。

その上、耳をよくよくすませば、誰かが炊事をしているらしき物音も、くぐもった音で聞こえている。

いったい誰だ――陽一はなおも眉を顰めた。

(……?)

ドアノブを握り、そっと回してみる。

内鍵はかかっていなかった。

ラッチのはずれる音がして、苦もなくドアが開く。

ドキドキと心臓を躍らせて、陽一はドアを開いた。

「……あ」

「あ、お帰りなさい」

三和土《たたき》の向こうは、もうキッチンだった。流しの前に立って料理をしていたのは、

「あ、茜……」

ピンクのエプロンをつけ、長い髪をアップにまとめた茜だった。

「えへへ。来ちゃった。勝手に入ってごめんね」

茜はちょうど、フライパンで肉を焼いているところだった。みりんと醤油が焼ける香ばしい匂いが、陽一のところにまで漂ってくる。

どうやら豚肉の生姜《しょうが》焼きでも作っているところらしい。じゅうじゅうと肉の焼ける音がして、何ともおいしそうである。

「ど、どうしたの」

しかし陽一は、豚肉どころではなかった。わけが分からず、きょとんとして茜に尋ねる。

「え？　ご飯作りに来たの。どうしても手料理、陽一に食べてほしくって……あち

っ」

飛び跳ねる油に身をすくめながら、満面の笑顔で茜は料理を続けた。

キッチンテーブルの上には、すでに生姜焼き以外にも、たくさんのおかずが並べられている。

おそらくそのすべてが、手作りではないかという気がした。

「迷惑だった？」

なおも巧みにフライパンを動かし、菜箸《さいばし》で肉を搔き混ぜながら、茜は聞く。

「あ、いや。そんな……でも、どうやって入ったの？」

陽一はようやく靴を脱ぎ、部屋の中に上がりながら聞いた。

大学時代からずっと住んでいるアパートだった。茜も何度か、他の友人たちと一緒に、遊びに来たこともある。

だが、当然ながら合い鍵など渡してはいない。

「あ、大家さんにお願いしたの。大家さん、私のこと覚えていてくれたわよ。『やっぱり付き合ってたんですか』なんてからかわれちゃった。あははは」

「そ、そう……」

陽気に笑う茜に、陽一は笑顔を強ばらせた。

昔から行動力のある女性だった。曖昧な態度を続ける陽一に業《ごう》を煮やし、実力行使に出てきた可能性があった。

だが、よもやこんなことまでしてくるとは思わなかった陽一は、ただただうろたえるばかりである。

「俺が、そろそろ帰ってくるってどうして分かったの？」

キッチンの奥の洋室に入った。使い慣れたシングルベッドや机、書棚や箪笥などがあるだけの殺風景な部屋である。

スーツからジャージに着替えながら、陽一は茜に聞いた。

「え？　そんなの分かるわけないじゃない」

「それじゃ……」

「帰ってこなかったら、ラップをかけて置いて帰ろうって思ったの。何日も帰ってこないわけじゃあるまいし。無駄にはならないでしょ？」

「そ、そうか……？」

口ではそうは言うものの、陽一が帰ってくるのを、今夜はずっと待つつもりでいたのかも知れなかった。

事態の強行突破を図る茜は、あっという間に陽一への包囲網を完成させていた。

「でもよかった。すごくいいタイミングで帰ってきてくれたわね。お腹ペコペコでしょ。食べてきてないわよね？」

「う、うん……」

「一緒に食べよ。もう準備できるから」

ほかほかとおいしそうな湯気を上げる生姜焼きを棚から出した器に盛り、てきぱきと段取りを整えていく。

甲斐甲斐しく働くエプロン姿の茜は、新婚妻のようでもあった。

「あ、茜……」

着替えを終えた陽一は、キッチンに顔を出しながら茜を呼んだ。

たしかに死ぬほど腹は空いてはいる。

面倒に思いながらも、ラーメンでも作って適当にごまかそうかと考えていた身には、ありがたすぎる夕餉《ゆうげ》ではあった。

だが、ことはそういう問題ではない。

このような気持ちのまま、それをごまかして、茜の可愛い好意に甘えてしまうのは、さすがに気がひけた。

それにこのまま何でもないふりをしてご飯など食べてしまっては、ますます肝心な話がしにくくなる。

「そうそう。お風呂先に入る？　気が利くでしょ、お風呂も沸かしておいたわよ。お風呂のお掃除までしてやったんだから、ありがたく思ってほしいかな、なんて」

茜は愉快そうに微笑み、テーブルの上に二人分の箸や食器を並べながら、得意げに言った。

そんな茜の姿に、もはや陽一は、自分を騙《だま》せない。

「茜……」

「ビールも冷やしてあるからね。先に入っちゃった方がいいかも。あ、何だったら一緒に入る？　私、背中流してあげても――」

「付き合えないんだ」

断腸の思いだった。

陽一は茜を遮り、呻くように言った。

2

突然部屋を、沈黙が支配した。

「……」

茜は軽やかな動きを止めた。陽一の方を、見ようともしなかった。そのままの体勢で、彫像のように制止する。

「お前と……交際はできない。ごめん」

茜は笑みを、美しい小顔に貼りつけたままだった。

しかしその笑みがゆっくりと強ばり、重苦しい顔つきに変わっていく。

「……はっきり言うべきだった。もっと早く。でも、恐くてできなかった。茜を傷つけちゃうのが、恐かった」

テーブルの上では生姜焼きが、なおもおいしそうな湯気を上げていた。

陽一さえ黙っていればこの先にあるはずだった楽しい夕餉の時間は、もはやどこにもない。

「……好きな……人が、いるんだ」

きちんと説明をしなければならないと、陽一は思った。何もかも洗いざらいぶちまけて、謝罪をするより他にない。

「……お前の……知ってる人だよ」

「……付き合うって、言ってくれたの？」

「……え？」

茜の言葉に驚き、思わずその顔を見た。

しかし茜は、目を合わせようとしない。クールな美貌を青白くしたまま、固い声で言葉を継ぐ。

「菜月先輩。付き合うって言ってくれた？」

「……し、知ってたの？」

思いもよらない茜の問い掛けに、陽一は動揺した。いつばれたのかと、記憶の引き出しを掻き回しても、すぐには分からない。

そして、茜の言葉から、彼女が陽一の心の内を知りながら、必死に何でもないふりをして、アプローチをしてきたことに気づく。

「付き合うって、言ってもらえた？」

「い、いや……」

陽一は弱々しくかぶりを振る。

「付き合えないって……やっぱり俺とは」

長い睫毛《まつげ》を伏せて凍りつく茜に、重苦しい声で陽一は言った。

「逆に……お願いだから茜ちゃんを悲しませないでって言われた。菜月さんはずっと、茜のことを心配してた」

「それなのに……私とじゃ、だめなんだ？」

自嘲的な笑みを口元に浮かべ、茜は言った。陽一は「ごめん」と茜に謝る。

「……付き合えないって言われても……俺はやっぱり菜月さんのことが好きだから」

「付き合えないんじゃ、意味ないじゃない」

抑えつけていた感情が、制しようとしても、溢れだしてしまうような口ぶりだった。

茜はようやく陽一と目を合わせ、柳眉を八の字にして言う。

「うん、意味はない。でも、だからって、茜と付き合っちゃいけないと思うんだ」

残酷な言葉を伝えていることに、鉛を飲みこむような心地になりながら、陽一は言った。

茜はそんな陽一を見つめ返し、再び長い睫毛を伏せる。

「……少なくとも、こんないい加減な気持ちで、他の女性と付き合っちゃいけないんだと思う。あまり偉そうなことは言えないんだけど……」

ホテルで由佳子と繰り広げた、酔いに任せた狂態を思いだし、思わず言葉尻が窄まりそうになった。

しかし、それでもやはり、こうなった以上ははっきりさせなければならない。

「そんなに……私って、魅力ない？」

虚《うつ》ろなまなざしで、床の一点を見つめながら茜が言った。ささくれ立つような感情を滲ませたか細い声だった。

「そうじゃない。茜はとても綺麗だ。いつだって魅力的だったし、俺のまわりだって、メチャメチャ大勢の連中が茜のことを――」

「『まわり』じゃ意味がないの。『陽一が』じゃなきゃだめなの！」

とうとう茜は、感情を爆発させた。

こんな風に大声で叫ぶ取り乱した姿を、陽一は初めて見る。

「茜……」

「ううっ……」

こみ上げてくるものを、もはや押さえる術《すべ》はなかったのだろう。瞳から涙を溢れさせ、その場に立ち尽くしたまま、茜はしゃくり上げる。

「な、泣かないで……」

ボロボロと涙を流し、鼻を啜って嗚咽する茜に、陽一は胸を痛めた。

茜は両手で涙を拭い、

「馬鹿。悪魔。不細工。死んじゃえ」

涙声で言いながら、なおも、「えっえっ」と泣きじゃくる。

「泣かないで、茜……」

「泣かしたのはあんたでしょ、馬鹿。うえっ……」

「そうだけど……」

「こんないい女に『好きだ』なんていって夜這いしてもらえる男、なかなかいないのよ？　近づくな、変態」

そっと近づき、肩を抱こうとすると、茜は慌てて飛びすさり、涙を拭いながら陽一を罵倒した。

「変態って……」

「はっきり言って、あんたには菜月先輩なんて超高嶺の花」

「分かってるよ」

「ていうか、私だってほんとは高嶺の花だと思うわよ？　そんな私をこんな風に平気で振るなんて、陽一ってほんとに、どうかしてるんじゃないの」

「ごめん……」

茜の瞳からは、どうしようもなく涙が溢れた。もう一度近づこうとすると、またも茜は後ずさる。

「近づくなって言ってるでしょ」

「ごめん……」

キッと睨んでくるまなざしは、いつもの勝ち気な茜のものだ。違うのは、その目が真っ赤に染まり、涙の潤みに満ちていることである。

「後悔しても、知らないんだから……えぐっ」

涙声でなじられ、陽一はうなだれた。心の中でも、何度も「ごめん」と謝り続ける。

「顔だってそこそこ美人だし、スタイルだっていいし、おっぱいだって……」

「茜、ごめん」

「料理だってこんなにできるいい女なのに。セックスだって悪くなかったでしょ」

「茜……」

三度、陽一は茜に近づいた。

今度はもう、茜は逃げなかった。

二の腕を取って摑まえ、思わず両手で抱きしめる。

ふわりと甘い、嗅ぎ慣れた茜の芳香が、鼻腔と心にじわりと染みる。

「あーん」

茜は号泣した。幼い子供のようだった。

「もっと早く抱きしめなさいよ、鈍感」

「悪かった……」

「陽一なんか死んじゃえ。こんないい女をコケにして。いったい何人の男に好きだって言われてきたと思ってるの」

「想像つくよ。だってほんとに綺麗だから、茜は」

「そんな女を振るなんて何様のつもりよ」

「ほんとだな」

涙声でなじられ、陽一はさらに強く茜をかき抱いた。

すらりと伸びやかな、プロポーション抜群の肢体は、じっとりと汗ばみ、火照っていた。

「もっと強く抱け、馬鹿」

「茜……」

声を震わせて茜は言った。力を籠めて抱擁し、その首筋に顔を埋める。罪悪感をくすぐる茜の匂いは、いっそう濃密なものになった。

「陽一なんて大嫌い。頼まれなくたって、こんなアパート出てってやる」

「すまない」

「でも……」

陽一を痛罵する言葉が、そこで途絶えた。

しばし茜は押し黙り、居心地悪そうに身じろぎをする。

「……思い出ぐらい……くれるわよね？」

「……え？」

鼻を啜り、嗚咽をしながらだった。それでも勝ち気に、茜は言った。

「茜……？」

「せめて……せめてもう一度だけ……私に素敵な……思い出ちょうだい」

「あ……」

陽一の心臓がとくんと弾んだ。虚を突かれる思いの後に、ますます強く、彼は胸を締めつけられる。

（俺が、菜月さんに言った言葉と、まったく同じ……）

せつない思いを胸いっぱいに漲らせ、旅館の部屋で菜月を求めたあの夜の記憶が蘇る。

（俺と茜は……ある意味、同じか……）

そのことに、今陽一はようやく気づいた。

その途端、これ以上は無理だと思っていた両手にさらなる力が溢れてくる。

「ああ……」

細い背筋が、二つに折れてしまいそうだった。

茜をかき抱いた陽一はこみ上げる思いをどうにもできず、熱っぽく彼女に接吻する。

「んむう……陽一……」

「茜……」

……ピチャ。ちゅう。

肉厚の朱唇に震える唇を押しつければ、茜も自分から陽一の口を吸い返してくる。

茜は体勢を元に戻した。

今度は自分から陽一の首に両手を回し、もの狂おしい勢いで、何度も彼の口を吸う。

二人は互いの身体を抱き合ったまま、憑かれたようにキスに耽った。

右へ左へと、何度も顔の角度を変え、吸いついては離れ、また吸いついてはどちらからともなく、今度は舌を突きだして、ピチャピチャとそれを絡ませあう。

舌と舌とが擦れあうたび、甘酸っぱさいっぱいの快美感が瞬いた。

見れば茜はその目から、なおも涙を溢れさせながら、陽一とのキスに溺れている。

「裸……エプロンに、なってあげようか……」

「……えっ」

やがて茜は陽一から舌を離すと、甘い囁き声で彼に言った。

「は、裸……エプロン？」

「男の人って……そういうの、好きなんでしょ？　ビデオで、み、見たの……その方が……陽一の記憶の中に、私……ずっと残れない？」

「あ、茜……あ……」

茜は陽一から身体を剝がした。

陽一はなおも、啞然としたままであった。

茜はいったんエプロンをはずす。あれよあれよという間に、着ているものを全部脱いだ。

そして再びエプロンだけを着け、あっという間に、裸エプロン姿になる。

（うおお……）

目の前に現出した魅惑の裸エプロン美女に、陽一は間抜けにも息詰まるほどの興奮を覚える。

切れ長の瞳に涙の名残をとどめたまま、恥ずかしそうに唇を嚙むクールな美女は、ため息が出るほどエロチックだ。

手足の長いモデル並みのボディに、ピンクのエプロン一枚だけが、吸いつくように貼りついていた。

ストラップが肩から伸びて、エプロンを吊り下げている。そんなピンクの胸元を、たわわな巨乳が窮屈そうに押し上げていた。

しかも両目を凝らしてよく見れば、二つのポッチが、エプロンの布をつんと突き上げている。

こうして見ると、スタイルの良さとおっぱいの大きさは、やはり常人離れしてパーフェクトだった。

エプロンの裾から伸びる長い脚はほどよく肉が乗りつつも、すっと締まった流線型のラインを描いて、惚れ惚れするほどの美脚ぶりを見せつける。

「茜……」

「こ……興奮できる、陽一？」

「え」

ため息混じりに名前を呼べば、茜は羞恥を満面に浮かべて陽一に聞いた。

「興奮して、お願い……陽一の中でも、素敵な思い出になってほしい……いやらしくなって。何でも、してあげるから……」

「うお……うおおお……」

今さらのように、茜のせつない想いに気づいた。

この美しく魅力的な女は、少しでも陽一をエロチックな気分にさせようと、あえてこんな格好を自ら買って出たのであろう。

「茜！」

陽一はもうたまらなかった。こんな風にけなげに身体を捧げられ、発奮しない方がどうかしている。

たとえ、決して小さくはない罪の意識にかられていたとしてもである。

「あはあぁ、よ、陽一……」

改めて、裸エプロン姿の美女にむしゃぶりついた。

感傷的になるあまり、鼻の奥がつんとしたけれど、今は決して、それを言葉にしてはならない。

とびきりいやらしい思い出を作るのだ。自分の心にも茜の心にも終生残る、いやらしくて甘い、二人きりの思い出を。

「こ、こういうの……ほんとは夫婦の方が、もっと興奮するんじゃない？」

陽一に熱っぽく抱擁されながら、茜は言った。

「そ……そうかもな。けど――」

「夫婦ごっこしよう、陽一。イメージプレイ。私、陽一の奥さんになる」

「茜……」

「陽一は、新婚の可愛い奥さんを、ネチネチネチネチ、エッチに虐《いじ》めるの。ね？」

――新婚妻。俺の、奥さん。

そうか。もしかしたらそんなせつない願望も、こんな姿になってみせた可愛い女にはあったのかも知れないと、陽一は察した。

何にしても、こうなったら茜の好きな通りに、とことんエッチになってやるまでだ。

これからの数時間だけは、この女こそが俺の嫁だと、陽一は思った。

3

「茜……ゾクゾクする。お前をメチャメチャ、恥ずかしがらせたい……」

すでにプレイは始まっていた。

陽一は可愛い美女をかき抱き、その耳元に口を押し当てると、囁き声で宣言する。

「ああ、あなた……」

──あなた。

「だめ、こんなかっこしてるだけでも……メチャメチャ恥ずかしいんだから……」

「だめだ。恥ずかしがらせちゃう。ほら……」

「きゃっ……」

激しい昂ぶりにかられて、陽一は大粒の鳥肌を立てた。

流し台の前で茜の肢体を回転させ、こちらに尻を突きださせる。

(うおおお……！)

背中でピンクの太いストラップが、X字状にクロスしてエプロンの布に結びつけられていた。

ウエストの部分にはさらに太い紐が左右に走り、リボンのような結び目をエロチックに作っている。

なめらかな背筋が美しかった。

均整の取れたボディラインは、やはり神の創作物だ。

その上、ふっくらと盛り上がる白いヒップの得も言われぬ丸みは、男の理性を瞬時に焼き焦がす、まがまがしい淫力に充ち満ちていた。

「ああん、は、恥ずかしい。やだ、あなた……」

茜もプレイに没頭し始めたということなのだろうか。

陽一に尻と背中を丸ごと晒す体勢にさせられ、茜は本気で恥じらって、再びこちらに向き直ろうとする。

「だめ。そのままの格好でいるんだ。ああ、茜、エロい尻……」

「きゃん」

陽一は茜の後ろに膝立ちになり、大福餅のように膨らんだ、双子の肉尻をわっしと摑んだ。

（おお、茜のお尻も、や、柔らかい！）

ふにっとひしゃげる肉塊の感触は、見た目の通り甘い大福餅そのものだった。

グニグニとねちっこくまさぐって肉を揉みしだけば、今にもぷにゅりと白餡が、毛穴の一つ一つから溢れだしてきそうである。

「あん、いやん……ああ、お尻なんて揉まないで……あなた……あなた……」

「茜……」

あなたという言葉を聞くたびに、胸をせつなく締めつけられた。

しかし同時にその言葉は、二人の卑猥なプレイをさらに熱っぽく昂揚させる、効果てきめんの媚薬でもある。

「ああ、茜……お、俺の……俺の嫁さんのお尻の間には、どんな肛門が隠れているのかな……」

「——えっ。きゃ……」

俺の嫁さん、という言葉に、敏感に反応したようにも見えた。

しかしそんな茜の可愛い驚きは、陽一が尻を広げて谷間を露わにさせると、たちまち猛烈な羞恥に変わる。

「ああ、やだ……お尻、そんな風に広げないで……！　あ、あなた……」

「おお、見えたよ、茜。お前のアナル……いやらしい鳶色をした、皺々の窄まりがひくついている。んっ……」

「ああああ」

突きだした舌を、肛肉の中央にねちょりと突き刺した。

強い電流の流れる電極でも押しつけられたかのように、茜は取り乱した声をあげ、目の前の流しに上体を突っ伏させる。

「おお、茜……肛門が、こんなにヒクヒク……」

「いや。ああ、いや。そんなとこ舐めないで、あなた……あ、ああ、あああああ」

いやがって尻を振る茜の臀丘に、指を食いこませて押さえつけたままだった。

柔らかな尻肉を左右に割って臀裂を露わにさせると、剝きだしになった鳶色の秘肛に、たっぷりの唾液とともに何度もしつこく舌を這わせる。

「ああん、いや、だめ……ああ、そんなにしたら……あ、あ、あああ……」

「茜……感じるの？　お前のアナル、こんなにひくついて……」

舌でこじればこじるほど、茜の肛肉は新鮮な空気を貪ろうとでもするかのように、艶めかしく蠢《うごめ》いた。

開口と収縮の動きを絶え間なく繰り返し、何度も涎を弾き飛ばす。

キュンと締まってみせる皺々の肛肉は、梅干しでも頬張って窄まる唇のようだった。

それが一転して開口し、中身の粘膜の先端を見せると、あでやかな肛門は活火山の噴火口のような眺めを晒し、責める陽一の情欲を炙《あぶ》る。

「あはあぁ、やだ、あなた……許して。うあああ……」

「感じる、茜？　オマ×コまでジンジン来ちゃう？」

「し、知らない……知らない、知らない……はあああぁ……」

尻肉を揉みしだきながら肛門を舐めれば、もうそれだけで茜は、ビクビクと裸身を震わせ、堪えかねたように身悶えた。

（ああ、濡れてきた）

しつこい責めを繰りだしながら、陽一はそっと茜の女陰を見た。

肉厚のラビアはすでに開花し、露わになった膣園から、白濁した愉悦の汁を分泌させている。

「うう、茜……ああ、俺……もうたまらないよ！」

「ひゃ……」

陽一は、もう一度茜をこちらに向き直らせた。

どうやらすでに、身体から力が抜けてきていたらしい。茜は陽一にされるがまま、流し台の上に乗せられて、両脚を大股開きにされる。

「あはあぁ、あ、あなた……ああん……」

陽一は素早くジャージを脱ぎ、下着もすべて身体から剝いた。

股間では、いけないない欲望を満タンにした極太がギンギンに反り返っている。

「あああ……」

茜はちらっとそれに目をやった。弾かれたように顔を背ける。

「い、挿《い》れるよ、茜……い……いいんだよな？」

エプロンの裾を大胆にめくりあげ、茜の恥丘を露わにさせた。控えめな恥毛に彩られた色白の陰部が、陽一の視線に晒される。

初々しさ溢れる小さめの花びらが、あだっぽく開ききっていた。

ヒクンと膣穴が収縮したかと思うと、匂いも量も濃い蜜が、白濁しながらどろりと溢れる。

「い、挿れて、あなた……私のオマ×コで、いっぱい気持ちよくなって！」

流し台に乗せられた茜は、クールな美貌を紅潮させ、訴える声で陽一に言った。

陽一は、淫らな生殖の欲求に憑かれた。

すらりと長い極上の美脚を、M字の格好に拘束する。

決して広くはない流し台だった。

そこに無理やりに乗せられたせいで、茜は上体を窮屈そうに屈曲させている。

陽一は位置を整えた。

流し台の前に立ったまま、茜と一つに繋がろうとする。

不埒な激情を漲らせた怒張の先を、茜の華芯にくちゅっと押しつけた。

「んはあぁぁ、あなた……ああ、陽一ぃ……！」

「おお、茜……くうぅぅ……」

……ぬぷり。

「うあああああ」

ググッと腰を突きだすと、亀頭は苦もなく、茜の股間に裂けた肉の潤みへと飛びこんだ。

陽一を受け入れる準備は、もうとっくにできていたのかも知れなかった。

太すぎる一物を咥えこんでミチミチと広がる小さな肉穴は、たっぷりすぎるほどの蜜にまみれ、開口と収縮を繰り返す。

「うう、茜……こんなにヌルヌルさせて……き、気持ちいい……」

「ああ、陽一……ああ、あああ……」

いつしか茜の呼び方は、再び「陽一」に戻っていた。

溢れる想いが堰を切ったかのように、可愛い女の美貌と女体から、蒸気のように湧き上がってくるのが分かる。

「う、動いて、陽一。いっぱい動いて！」

「おお、茜！　行くよ、そら……」

「あああああ」

……ぐちょ。ぬぢゅる。

いよいよ陽一は腰を使い、ペニスを使って茜の花園を掘削し始めた。

海綿体をパンパンに張りつめさせた陰茎が、今夜限りで別れる美女のお腹の底を行ったり来たりする。

「あああ。ああああ。よ、陽一。いやん、感じちゃう。あああああ」

「くう、茜……おおお……」

精子をねだるかのように、ぬめる肉壺が吸いつく動きで蠢動した。

過敏さを増した鈴口を膣襞の凹凸にとらえられ、腰の抜けそうな快感が爆ぜる。

申し訳ないほど、気持ちがよかった。

容姿や気立てだけでなく、茜は間違いなく、持ち物の方も極上品である。

それなのに、人が人を好きになるとは、何と不可思議なことであろう。先ほどの茜の言葉ではないが、まったく自分は何様のつもりだと、つい陽一は思った。

「あはあぁ、陽一……陽一いぃ」

生殖の快感に身も心もぼうっとしてきたのは、茜も同じらしかった。

窮屈そうに肢体を折り曲げられた茜は、両手を広げて陽一を求める。

「茜……」

陽一は、そんな茜に呼応した。

彼女と一つに繋がったまま美脚の膝に両手を潜らせ、掬《すく》うようにして火照った肢体を抱え上げる。

「ああん……」

（こ、これは……駅弁スタイル！）

茜には、そんなつもりは微塵もなかったろう。

しかし陽一に足を抱え上げられたまましがみついてくるそのポーズは、男なら誰もが夢見る憧れの合体ポーズである。

「茜、しっかり摑まって」

「はうう、陽一……きゃっ」

……バフッ、バフッ。

「あああぁ。ああん、陽一、は、激しい……ひぃいいい」

両足をググッと踏んばって、怒濤の勢いで腰を振った。

宙に浮いた不安定な格好になった茜は、さらにしっかと陽一の裸身にしがみつき、彼に股間を突かれるたびに、前へ後ろへと身体を揺らす。

湿った股間同士がぶつかりあうと、じっとりと湿った間抜けな音が響いた。陽一はなおも腰を振り、茜の秘割れを犯しながら、女体を抱えて奥の洋室へと移動していく。

「はひぃ。ああん、陽一……ああ、感じる……感じちゃう！　ああああぁ」

「うう、茜……」

汗に濡れ始めたエプロン越しに、たわわな乳房がぴたりと密着し、クッションのように弾んでいた。

胸板に食いこんでくる硬い乳首は、さながら熾火《おきび》のようである。

一つに繋がったまま洋室に入った。

狭くて古いシングルベッドに、二人してそっとくずおれていく。

「陽一……」

「そ、そろそろ……我慢できなくなってきたよ、茜……」

「来て……いいよ、来て、陽一……」

「おおおおっ……」

駅弁スタイルから、正常位の体勢になった。陽一はエプロンの胸元から、茜の豊満な乳房を露出させる。

「あはあぁ……」

薄いピンクの布が、乳の谷間に挟まれる形になった。

そんな風に露出させた双乳を両手で鷲摑みにすると、陽一は怒濤の勢いで再び腰を振り始める。

「あああ。うあああああ」

性器と性器の密着具合は、まさにジャストフィットと言ってもいい快適さ。ヌルヌルとぬめる窮屈な肉洞で、陽一は狂ったようにペニスを抜き差しする。

「ああぁ、陽一。刺さる。奥まで刺さってる。陽一の固いち×ちんが。ああああ」

「うう、茜。だめだ。出るよ、もう我慢できない……」

茜のおっぱいをグニグニと、原形をとどめなくなるほど夢中になって揉んだ。揉めば揉むほど張りを増す柔乳が、その弾力で陽一の指を跳ね返す。

「だ、出して。中に……今日も中に」

「茜」

「大丈夫だから。陽一に迷惑かけないから。ちょうだい……ちょうだい！」

「うおおお、茜……！」

──パンパンパン！　パンパンパンパンパン！

「ひいい。ああん、陽一！　あああああああ」

陽一は息を詰め、渾身《こんしん》の力で腰を振った。

ベッドのスプリングがギシギシと軋み、マットレスの上で、二人の身体がバウンドする。

乳から手を離し、汗ばむ肢体をかき抱いた。

茜もまた、陽一の背中に両手を回し、愛おしそうにかき抱く。

その蜜壺は、もはや完全に蕩けきっていた。

持ち主と一緒に息苦しげに喘ぎ狂い、波打つ動きで陽一のペニスを絞りこむ。

ぐぢゅる、ぬぢゅると、生々しい肉ずれの音を響かせて、失禁でもしたかのように、大量の蜜をシーツに散らす。

「あああ。うあああああ。気持ちいい、陽一。忘れないから。一生忘れないからあ」

「茜……」

もはや我慢は限界だった。

泡立つ精子が陰嚢からせり上がり、陰茎の中を上昇する。

カリ首とヒダヒダが擦れあうたびに甘い悦びが全身に広がり、麻薬さながらの恍惚感を陽一の裸身に注ぎこんだ。

(イ、イク！)

「あああ、もうだめ、陽一！　イク……イクぅう！」

「おおお、出るよ、ああ、出る……」

「ひはあああ！　あっあああああああぁ！」

……ビクン、ビクン。

切実で獰猛な欲望のマグマが、ついに陽一を粉砕した。

二人の動きが止まっても、ベッドはなおもリズミカルに軋み続けたままだ。

陽一と茜は互いの肢体を抱擁し合ったまま、マットレスの上で上へ下へとバウンドした。

茜の蜜壺は、脈動する男根を、根元までしっかりと咥えこんでいた。

ビクビクと茜が痙攣をするそのたびに、牝肉の孔《あな》までもが、不随意な蠕動を繰り返す。

「うお、ああ、茜……あああ……」

そんな茜の膣奥に、咳きこむ勢いで、怒張は精を吐いた。

亀頭の先から粘つく汁が糸を引き、茜の子宮口へと、とろけた糊《のり》のようになって襲いかかる。

陽一はうっとりと、吐精の悦びに酔いしれた。

「ああ……あああ……入って、くる……陽一……温かいよう……はあああぁ……」

「茜……」

なおも茜は、アクメの余韻にどっぷりと溺れきったままだった。

放すものかとばかりに陽一の裸身を抱きしめたまま首筋を引きつらせ、絶頂の痙攣に身を委《ゆだ》ねる。

（ごめんな、茜……）

今さらのように、心で茜に謝った。

それなのに陽一の極太は、喜悦を露わにした我が物顔で、なおもどぴゅどぴゅと濃厚な子種を吐き散らす。

二人はなおも、相手の身体を抱きしめあった。

言葉はなかった。

激しく乱れる吐息だけだった。

茜の両手に、せつない力がさらに漲る。

陽一は、そんな汗ばむ茜の肢体を、お返しのように強く、強く、抱きしめた。

第七章　発情の熱き夜

1

陽一は緊張していた。

突然菜月から、会えないかとメールが来たのだから、それも無理はない。

菜月と会わなくなってから、ずいぶん月日が経っていた。

いったいどういうことだろうと、陽一は浮き足立つ心地になった。

すぐにメールで返事をした。そしてその結果、明日、都心にあるシティホテルのラウンジで待ち合わせをすることになった。

しかし——。

（き、来ちゃった……）

とくとくと心臓を打ち鳴らし、闇の中で身を強ばらせる。

見上げる陽一の眼前には、ほの暗い記憶に彩られた、菜月の暮らす家があった。

三月の寒風吹きすさぶ夜のことである。

仕事中、会社で菜月からのメールについて相談したところ、陽一から話を聞いた由佳子に、

『明日だなんて悠長なこと言ってないで、すぐ行きなさいよ！　仕事なんかしてる場合じゃないでしょ⁉』

と、背中を押されたのだった。

チームで開発中のシステムの納期が、そろそろ間近に迫ってきていた。はっきり言って、スタッフの誰もがてんやわんやで仕事に追われ、殺気立っている。

にもかかわらず、後輩のプライベートを優先しようとしてくれた由佳子に、陽一は心から感謝をして、会社を飛びだしたのだった。

連絡を入れてから訪ねようかとも思ったが、結局メール一本入れることもなく、家まで来てしまっていた。

菜月の家の一階からは明かりが漏れていた。彼女が中にいるのは、間違いない。

玄関ドアの前で、しばし陽一は逡巡した。

後先考えず、追い立てられるようにここまで来てしまったが、はっきり言って菜月の都合など、これっぽっちも念頭になかった。

しかし、とにかく早く菜月と会って、その「話」とやらが聞きたかった。聞かないことには、もう他のことなど何も手につかなくなっていたのである。

（行くぞ……）

ドアホンに手を伸ばした。そっと押す。

家の中で、チャイムが鳴ったのが分かった。

少し間があった。やがて、ようやくドアホンに応答がある。

『……はい？』

「ま……松尾です。松尾陽一です」

『え……』

菜月が、息を飲むのが分かった。

たちまち緊張の色を濃くしたその気配が、陽一の元にまで伝わってくる。

「突然すみません……あの、どうしても……明日まで、待ちきれなくて」

いたたまれなくなりながら、言い訳のように陽一は言った。

しかし、菜月は何も答えない。陽一はさらに焦燥し、

「は、話を聞いたら、すぐに帰ります。嘘じゃないです。ほんとに……」

と、菜月にすがるように、つっかえ気味に言葉を継いだ。

『……待って』

ようやく菜月が言ったのは、不安になるほど無言の状態が続いた後だった。

ドアホンが切れると、それからほどなく、ドアの向こうに菜月らしき気配が現れる。

内鍵のはずれる音がした。陽一は一歩後ずさる。

するとゆっくりと、中からドアが開かれた。

(……えっ!)

「遠いところ……ごめんなさい……」

「い、いえ、そんな……」

姿を見せた菜月に、陽一は息を飲んだ。

(も、喪服……! それじゃ、もしかして……)

居心地悪そうに視線を逸《そ》らす未亡人は、艶やかな喪服姿だった。

浮き足立っているのがばれてはならないと自制するものの、陽一は息詰まるような気分になる。

流れるような黒髪をアップにまとめ、白いうなじが剝きだしになっていた。

羽二重の黒無地に、染め抜き日向五つ紋の入った和装の喪服である。

しっとりと、大人びた艶めきを放つ楚々とした着物は、烏《からす》の濡れ羽色をしていた。

胸の合わせ目からちらっと見える、白い半襟もたまらない。

細い腰は、光沢を抑えた黒の名古屋帯で締めあげられ、得も言われぬ上品で落ち着きのあるボディラインを描いていた。

「菜月さん、今日はもしかして……」

「主人の三回忌だったの。さっき、帰ってきたところ……」

やはりそうだったかと、陽一は思った。

「し、知らなくて……突然、すみません……」

「ううん。いいの……」

陽一は慌てて謝罪をした。

すると菜月は長い睫毛を伏せ、小さくかぶりを振る。

「散らかってるけど……かまわなければ……」

「すみません、こんな時に……」

菜月は覚悟を決めたかのように、中へと陽一を招じ入れた。

陽一は、そんな菜月に深々と腰を折って頭を下げた。

案内されたのは、あのときと同じ仏間だった。煌々《こうこう》と明かりのついた仏壇には、これも同じように仏花が飾られ、線香が焚かれていた。

こちらに笑顔を向ける亡夫の遺影は、「またお前か……」と迷惑そうに笑っているようにも見えた。

陽一は、進められた座布団に座り、菜月と正対した。

もう一度きちんと頭を下げれば、喪服姿の未亡人は、うつむいたまま、陽一に礼を返す。

ただそれだけの挙措なのに、菜月から香り立つ色香には濃密なものがあった。

茜ときちんとお別れをしてから、そろそろ四か月が経とうとしていた。

年はとっくに新年へと変わり、それどころか、あともう少ししたら桜が咲き始める季節になっている。

あれ以来、自分の生活にけじめをつけた陽一は、毎日ひたすら仕事に打ちこみ、納期間近のシステムを開発する作業に取り組み続けてきた。

だがその間いっときだって、菜月のことを忘れたことなどなかった。

愛《いと》しいその人のことを思えば、いつだって心はすぐさませつない痛みを放った。

しかしそれでも陽一は、淡々と同じような日々を過ごした。

どんなに苦しくとも、それが自分の選んだ道だったからだ。

この先再び、また菜月と会える日が来るかも知れないなどという虫のいいことは、考えもしなかった。

だがそんな風に菜月への愛に殉《じゅん》じ、彼女を思いながら日々を送ること以外に、陽一にはできることなど他になかったのである。

このまま年を取り、結局は結婚もできずに枯れてしまったとしても、しかたのないことだと思いもした。

一人の女性を死ぬほど愛するがあまり、心から自分を愛してくれた他の女性を不幸にしてしまった。そのことは、それぐらいの覚悟とおのれへの罰なしでは許されないことだと思っていた。

そんな陽一にとって、突然の菜月からの連絡は、寝耳に水の出来事だった。

だが、こんな風に再びこの人に会えただけでも、陽一はたまらなく嬉しかった。

「こちらこそ……」

喪服姿の未亡人はぎこちなく会釈を返し、畳の一点を困ったように見た。

二人の間には、たちまちぎくしゃくとした、重苦しい沈黙が降りてくる。落ち着かない心地になった陽一は、今にも布団から尻を浮かせそうになった。

「あ、あの……」

姿勢を正して、自分から水を向けた。

「それで……俺への、話っていうのは……？」

「う……」

陽一に問われた未亡人は、座布団の上で身を縮めたように思えた。

困惑したように身じろぎをし、何度も膝の位置を変える。白魚の指で喪服の胸の合わせ目を、丁寧に揃えては、眉を顰めて小さく呻く。

「……菜月さん？」

「……どうしよう」

「……え？」

「まさか……こんな形で、話すことになるなんて、思わなかったから」

「あ……す、すみません……」

菜月が戸惑っていることが分かり、陽一は謝罪した。

「さっき……法要を終えたばかりなものだから……」

「分かります。勝手に来てしまって、すみませんでした……」

深々と頭を下げて謝罪した。そんな二人を、またも沈黙が包む。

陽一は、もうこれ以上は何も言えず、菜月が話す気になってくれるのを待つことにした。

どれぐらい、無言のまま向かいあい続けたことだろう。

その間、菜月は何度も何か言おうとしては、また思い直したように唇を嚙んでうなだれた。

「主人と……」

やがて、ようやく菜月は、喉から言葉を押しだした。

「……は？」

「主人と……話をしたわ……」

「……え」

陽一の方を見ようとはしなかった。

少し小顔を背けるようにして、震える声で菜月は言う。清楚な美貌が、心なしかほんのりと、朱色に染まっている気もした。

「……な、菜月さん……？」

「私なんかを……心から思ってくれている、年下の男性がいるって」

「え……」

思わず陽一は目を見開いた。そんな青年の熱い視線を一身に浴び、喪服姿の未亡人は、ますますいたたまれなさそうに頬を染める。

「私なんかの……どこがいいの、陽一くん」

「菜月さん……」

「年上のくせに……み、未亡人なのに……何も知らないような、こんな女の……」

「おおお……？」

「ずっと……ずっと考えました、あなたのこと。あなたとの間にあった……いろいろなこと……」

少しずつ、感情が溢れだしてきたかに見えた。

菜月は片方の親指で、もう一方の親指の爪を何度も撫でながら、自分の気持ちを整理するように言葉を続ける。

「……正直……恐かった……だって、私は茜ちゃんの気持ちも知ってしまっていたし、自分になんて、これっぽっちも自信なんてないし……」

「そ、そんな……菜月さんほどの人が、どうしてそんな……」

「それに……主人のことだって、ずっとずっと忘れられなかった。でも……陽一くんに、思いがけない形で気持ちを告げられて……い、いろいろとあって……」

陽一と二人きりの秘めやかな時間を思いだしたのか。菜月は一段と、清楚な小顔に羞恥を滲ませて、ますます声をか細くする。

「……私なんかのことを……これほどまでに求めてくれる男の人が……この世界にはまだいてくれたんだなって。戸惑いと、驚きと……なんていうか……」

「……」

「……私……生きていたんだなっていう……忘れかけてた……そんな思い」

「菜月、さん……」

「……これからも、ずっと主人ただ一人をって、正直思ってた。それなのに……そんな私の中に……思いもよらなかった気持ちが生まれてしまって……茜ちゃんだって、悲しませることになってしまうのに……」

陽一の胸いっぱいに、甘酸っぱくも、幸せなものが満ち始めてくる。

今自分が耳にしている目の前のこの人の告白は、よもや幻覚や幻聴などではあるまいなと、自分で自分が疑わしくなってくるほどだ。

「……茜ちゃんとも会ったのよ」

「え……!?」

意外な菜月の言葉に、またも陽一は息を飲んだ。

「い、いつ、ですか」

「二月の頭、だったかな……陽一くんが、ずっと待ってるって……茜ちゃん、そう教えてくれたの」

その時のことを思いだしたのか。菜月は申し訳なさそうに美貌を強ばらせ、眉根に色っぽく皺を寄せた。

「気持ちの整理がついたら、陽一くんのことを受け入れてほしいって、茜ちゃん、言ってくれた。陽一くんのことが、今だって好きで好きでしかたがないはずなのに」

「な……菜月さん……」

雛人形のような菜月の瞳に、じわりと涙が溢れだした。未亡人は細い指で、慌てて涙をそっと拭う。

「……主人と話をしました。毎日、毎晩。繰り返し、繰り返し……ね？」

菜月は仏壇の遺影に語りかけた。

菜月の亡夫は、爽やかな笑顔を向けるばかりである。

「……すごく悩んだの。ほんとよ？　自分っていう女が……正直いやになることもあった……でも……」

「菜月さん……」

「三回忌……主人の三回忌が終わったら……私もけじめをつけようって。陽一くんが、茜ちゃんに対してそうしたように」

菜月は言うと、ようやく陽一を見た。

「そうあの人に問いかけたら……あの人……『お前の人生を歩きなさい』って……夢に出てきて、私に……」

潤んだ瞳が揺らめいて、瞼《まぶた》の縁から涙が溢れる。

「私なんかで……ほんとにいいの？」

「おおお……」

「私……陽一くんが思ってくれてるような、そんな女じゃ——」

「ああ、な、菜月さん！」

もはや、言葉などいらなかった。

陽一は座布団を蹴り、喪服姿の未亡人に抱きついた。

「あああ……？」

桐の微香と樟脳《しょうのう》の匂いが、陽一の鼻腔に飛びこんだ。一拍遅れで飛びこんできたのは、懐かしい菜月の甘ったるい体臭だ。

2

勢いあまって、喪服の美女を畳の上に押し倒した。菜月は陽一に抱きすくめられるがまま、仰向けに横たわる。

「陽一くん……」

「菜月さん……し、信じられないです。俺……こんな日がほんとに来るなんて……」

溢れだす熱い思いは、うまく言葉にならなければ、どう態度で示したらよいのかも分からなかった。

陽一は菜月に覆い被さり、肉厚の朱唇に口づける。

「むふう……よ、陽一くん……」

「ああ、菜月さん。んっ……」

……ちゅう。ちゅぱ。ぶちゅ。

思わず鼻息が荒くなった。陽一は右へ左へと顔を振り、貪るように菜月の唇を吸引する。

「あん、いやん。んっ……」

溢れだす思いに衝きあげられるかのようだった。落ち着け、落ち着けと思っても、身体の底から獰猛な力が湧き上がってくる。

グイグイと荒々しく口を押しつければ、菜月の朱唇がぐにゃりとひしゃげた。粒揃いの白い歯列が剝きだしになる。

陽一は、すかさず舌を飛びださせた。菜月の唇と前歯の狭間に飛びこませる。そのせいで、清楚な美貌がエロチックに崩れた。鼻の下が舌先の形に盛りあがり、いやらしく突っ張って鼻の穴まで伸張する。

「んんっ、菜月さん……」

「いや、だめ。むはあぁ……」

歯列を舐め回すかのように、右から左、左から右へと繰り返し舌を往復させた。そんな陽一の舌の動きによって、菜月の鼻の下がもこもこと盛り上がり、持ち前の美貌が歪んでいく。

菜月の歯は、つるつるとしていて舌に心地よかった。歯茎にも舌を這わせれば、色白の小顔に、ゾゾッと大粒の鳥肌が立つ。

「菜月さん、ああ、菜月さん……」

「んあっ、やん、陽一くん、はあぁ……」

円を描くようにして、上の歯と下の歯を、歯茎とともにグルグルと舐めた。

「菜月さん……大好きです……その想いを伝えたいって思うと……ああ、エッチになっちゃう……」

「んあぁ、やん、陽一くん。恥ずかしい……ひはあぁ……」

責める陽一の身体の下で、喪服姿の未亡人はせつなく肢体をくねらせる。

喪服の裾が次第に割れ、長襦袢《ながじゅばん》とともに、雪のように白い菜月の脹ら脛が露わになった。

「ああ、菜月さん！」

陽一はもうたまらなかった。

未亡人の横へと身体の位置を変える。

片手で肩を抱くようにした。割れた喪服の裾から手を潜らせ、菜月の股のつけ根へとひと息に指を進めて押しつける。

「ああぁ、よ、陽一くん……」

「おおぉ、愛してる……菜月さん、愛してる……！」

心からの想いを言葉にしながら、揃えた指をぴたりと恥丘に押し当てた。

菜月の股間には、吸いつくようにパンティが密着していた。

じわりと汗をかいていたのか。菜月の股のつけ根は艶めかしい湿気を帯び、驚くほど熱くなってもいる。

「ああん、陽一くん。だめ……」

「もう我慢できません。嬉しすぎて……この想い、菜月さんに伝えたいって思うと、ああ、どうしてもこんなことしちゃうんです……！」

改めて菜月の唇にむしゃぶりつきながら、さらにグイグイとワレメを押した。

「むぶう、んむぶう……よ、陽一、くん、んむふぅ」

陽一の接吻責めに堪えかねたような呻きをこぼし、菜月はくなくなと女体をくねらせた。

未亡人がこぼす熱い吐息が、陽一の鼻面を撫で上げる。

パンティのクロッチをクイッとずらした。ヴィーナスの丘を露出させれば、菜月は「あああ」と声を上ずらせ、戸惑ったように尻を振る。

しかし陽一は、もう許さない。改めて指を菜月の秘割れにクチュッと押しつけた。

「ひはあぁ、ああん、だめ……」

「おおお、菜月さん……もう、濡れてきてる……う、嬉しいです！　俺、ほんとに嬉しい！」

「ああぁ……」

朱唇からずらした口を、白いうなじに押しつけた。

そうやって、菜月の首筋に熱い刻印を記そうとするかのように、ちゅっちゅと熱っぽく口づけながら、露わになった股間の縦溝を、ソフトにいやらしく撫で上げる。

……ぐちょ、ぬちょ。

「あ、あああ、だめ、陽一くん……せ、せめて他の部屋で……」

「だめです。ここでしたいです。お願いです、菜月さん……ご主人にも、見てもらいたい……菜月さんは、こうやってちゃんと生きてるんだってことを。んっ……」

「ああぁ、あん、やだ……ああ、そんなにしたら……うあああぁ……」

ワレメを広げるように指を動かせば、菜月の淫華は卑猥な汁音を響かせて、陽一の責めに反応した。

肉扉の内側には、すでにたっぷりと熱い蜜が溢れだし始めていた。陽一はそれを指に掬い、さらに大胆に肉割れをくつろげる。

……にちゃ。

「あん、いや……また、こんなところで……ああ、私……ふわ、ふわあぁ……」

「くうう、菜月さん……」

陽一は感激する。明らかに菜月は、あの頃より女体の感度を上げていた。

陽一がこの女体に施した責めなどたいしたことではなかったかも知れないが、それでも彼と触れあう以前とは、随分違ってきているのではないか。

「菜月さん、濡れてます、すごく……前とちょっと違いますよね？　けっこう、感じてますか……？」

「い、意地悪……！　陽一くんの意地悪……！」

「こ……こんなことしても……痛くないですよね？」

「あっ……」

陽一は二本の指を、そっとワレメに挿入した。

「あああああ……」

菜月の膣は指二本分の幅に広がり、奥に進もうとする指を快適なぬめりとともに受け入れる。

「おお、やっぱりすごく濡れてる……菜月さん。ヒ、ヒダヒダの位置も、すぐには分からないぐらい……」

そんな蜜壺の蕩け具合に、陽一は歓喜した。淫靡な熱と潤みをたたえた肉の狭間に、根元までぬぷぬぷと指の茎を埋めていく。

「あああ、そ、そんなこと言わないで……やだ、陽一くん、ああ、あああああ……」

「おお、菜月さん……」

「きゃっ」

陽一は目と鼻の距離で清楚な美貌を見つめながら、淫らにほぐれた肉穴で指を出し入れし始めた。

ちょっとだけ鉤のように関節を曲げ、女の身体が過敏に感じてくれるはずの繊細な部分を抉るように擦過する。

「ひい、ひいいいい。ああ、やだ、だめ……ああ、そんな……よ、陽一くん……!」

「ああ、感じてる……菜月さんがこんなにいやらしく……嬉しいです、菜月さん。あの時より、絶対に感度がいい!」

「し、知らない……陽一くんの意地悪! やだ、そんな近くで、顔、見ないで……」

ギラギラと輝く瞳で凝視され、菜月は愛らしく恥じらい、いやいやと顔を振った。

しかしそんな風に恥じらわれると、陽一はますます燃えあがる。

「おお、菜月さん……」

さらに顔を近づけて菜月の美貌を見つめつつ、未亡人の秘唇の奥にある、感じる部分を擦ってあやす。

「ああ。うあああああ」

　すると、指で掻き回す蜜の音がますます粘りと音量を増した。

　さらなる愛液が湧きだす泉のように溢れだし、グッチョ、ヌッチョと品のない音を立てて陽一の指にまとわりつく。

「あああ。あああああ。いやん、だめ、ああ、何これ……何これえええ」

　菜月は激しく取り乱し、火照った肢体をのたうたせた。

　陽一はますますその肩を強く抱いて菜月を受け止め、指のピストンを加速した。

「ひいい。あああ。いやん、陽一くん、困る……困るうう。そこ擦らないで。だめなの。だめだめだめえ。あああああ」

　菜月の声が切迫し、ますます女体が派手に暴れた。

　喪服の裾から完全に、太腿はおろか、股のつけ根の眺めまでが露わになっている。

　もっちりと脂の乗った健康そのものの太腿と脹ら脛の光景が艶めかしかった。しかも二本の脚の先には、眩しいほど白い足袋《たび》まで履いている。

（ああ、菜月さん！）

　陽一は自分の指が、菜月の膣に締めつけられているのを感じた。

　何かが決壊したかのように熱い蜜を分泌させながら、菜月はぬめるその穴で、おもねるかのように、訴えるかのように、青年の指を締めつけては解放する動きを繰り返す。

「ああぁ。やだ、だめ、何か出ちゃう！　陽一くん、出ちゃう！　出ちゃう！」

「だ、出してください。恥ずかしがらないでいっぱい出して！　そら、そら……」

……グチョグチョ！　ヌチョヌチョヌチョ！

「あああ、だめだめだめえ。あああ。あああああああ」

「──うおっ⁉」

陽一は、自分が目にしたものが信じられなかった。

指を咥えこんだ菜月の膣から、まるで失禁でもしたかのように、熱い液体がしぶきを散らす。

「うおお、な、菜月さん……」

「ご、ごめんね。ごめんね。こんなの初めてなの。やだ、私ったら……どうしよう、おしっこなんて……」

菜月の美貌は、もう真っ赤である。

羞恥に瞳を潤ませて、穴があったら入りたいとでもいうような、いたたまれなさそうな顔つきになる。

「おしっこじゃないですよ、菜月さん」

「……え？」

「潮《しお》って、聞いたことないですか？」

「し、潮……？　あっ……」

陽一に指摘され、菜月は小さく息を飲む。和風の面差しに驚きが駆け抜け、続いて清楚なその顔が、一段と真っ赤になってくる。

「潮を噴いたんだよ、菜月さんは。ああ、嬉しい！」

「でも……だって私……今まで、一度だってそんな……」

「変わりつつあるんだよ、菜月さん。菜月さんの身体は……だって、生きてるんだから。今もこれからも、ずっとずっと生きていくんです。俺が死ぬほど愛し抜くんだから！」

「あ……」

感激した陽一はそう言うと、服を脱ぐ間ももどかしく、着ているものを身体から毟り取った。

あっという間に全裸になると、黒い喪服から飛びだした未亡人の両脚をがばっと左右に開く。

3

「あああ……？　ま、待って、陽一くん……私……こんな喪服のまま……⁉」

陽一の股間からいきり勃つ、天衝く尖塔さながらの勃起に、菜月はうろたえた。

しかし陽一の答えなど、もはや分かりきっている。

「喪服のまま、したいんです。喪服の菜月さんを、こんな風に……こんな風に……」

「ひはっ」

ペニスを手にとって角度を変えた。愛蜜と潮のせいでビショビショに濡れたピンクの肉沼に亀頭を押し当て、上へ下へと擦りつける。

「あああ、よ、陽一くん。うあああぁ」

「こんな風にするんです。菜月さんが困ること、いっぱいします。だって菜月さんのことが好きだから。可愛くて色っぽい菜月さんが、死ぬほど好きだから！」

「——ひゃっ」

……にゅるん。

「あああああ、よ、陽一くうううん」

「うおおお、ああ、やっぱり前より、すごいヌルヌル……」

一気にペニスを押し進めれば、とろとろに蕩けきった蜜肉が、待ちかねてでもいたかのように陽一の怒張を締めつける。

肉棹を包みこむいやらしい膣洞は、愛蜜の弾ける汁音を響かせた。

菜月の牝園は奥の方まで濡れきって、甘酸っぱさ溢れるかぐわしい匂いを湧き上がらせる。

そんな匂いは、まさに天然の強い媚薬。

嗅いでいるだけで痴情をそそられ、ますます男根が、ビクン、ビクンと魚のように跳ねる。

「んはあぁ、あん、いやあ……」

陽一は、白足袋に包まれた二本の足首を掴んだ。

楚々とした未亡人の両脚を、身も蓋もないほどガバッと左右に割り開き、ゆっくりと腰を使いだす。

「あ、あああああ」

「うおお、気持ちいい……！」

性器と性器が擦れ合い、下品な汁音はいっそう淫らな粘りを増した。窮屈な膣洞と肉傘が擦れ、火を噴くような快美感が、股間から脳へと突き抜ける。

蕩けるような気持ちのよさが麻薬さながらに身体に染みた。

陽一は、いっそう獰猛な獣になる。

「あ、あああ、よ、陽一くん。いや、だめ、ああ、私ったら……ああああ……」

「菜月さん……ああ、菜月さん……！」

菜月はエロチックな声を上ずらせて、陽一の突きに煩悶した。

無理やり左右に開かせた両脚は、ほとんど百八十度近くまで広げられている。陽一はそんなもっちり美脚を、M字の格好に拘束した。

「ああん、いや、あん、陽一くん。あああぁ……」

未亡人は、喪服の裾から完全に下半身を剝き出しにされていた。仰向けに潰れた蛙のような惨めな姿に貶《おとし》められ、艶めかしい声をあげてよがり悶える。

（おお、菜月さん……）

そんな菜月の扇情的な姿に、陽一は痺れるほどの昂ぶりを覚える。

濡れたように艶めく漆黒の喪服と、息を飲むほど白くむっちりした脚のコントラストが鮮烈だった。

楚々としていなければならないはずの装いで、大胆なガニ股になっている眺めにも好色をそそられる。

「こ、ここでしょ、菜月さん？　ここ、感じるでしょ？」

陽一は鼻息を荒げるや、今度は亀頭を巧みに使い、恥骨の裏あたりにあるザラッとした部分を執拗に擦った。

そこは先ほど、指の腹で集中的に責め嬲《なぶ》った場所である。

「ひいいい。ああ、やめて。ああ、そこだめだめ。擦らないで。ひいいいい」

「感じるでしょ、菜月さん？　感じて、いっぱい感じて……」

想像していた通り、手応えはかなりのものだった。

陽一は、餅のような感触の白い太腿に指を埋め、ますます嗜虐的な腰振りで、Ｇスポットに亀頭を抉りこむ。

「あああ。うああ。ああ、何これ、陽一くん。いやん、出ちゃう。また出る……」

「出して。好きなだけ出して……」

「いやん、見ないで。あああ。ああああああ」

菜月が我を忘れた叫び声をあげた。

そのタイミングを見計らい、陽一はずるりと膣からペニスを抜く。

「きゃあああああ」

そうした肉棹の後を追うように、透明な汁が間歇泉《かんけつせん》のように噴きだした。開いた肉園から飛び散る潮の勢いは、先刻の指での時以上だ。

「おお、菜月さん、すごい。こんなに潮が……」

「いや。知らない……わざとじゃないの。こんなの初めてで。見ないで。ああ……」

菜月は自分の身体が信じられないようだった。

恍惚とはしながらも、どこか呆然とした色っぽい顔つきで、ビクビクと肢体を痙攣させ、小刻みに顎を震わせる。

菜月の潮は、彼女の股間の間に鎮座している陽一のペニスも豪快に叩いた。

そんな菜月の激しい感じかたに、陽一はもう有頂天だ。

潮を浴びて震える怒張を逞しく脈動させ、再び温かな膣内へと、矢も楯もたまらず戻ろうとする。

「ああ、菜月さん……」

「あああ……」

再びぬるっと、温かな膣洞に亀頭を飛びこませた。

潮吹きの余韻に震えるいやらしい蜜肉は、断続的な開閉を繰り返し、陽一の怒張を甘酸っぱくムギュッと締めつける。

「うう、気持ちいい。そら、また動かすよ……」

「あああ。うあああ。待って、休ませて……あああ。ひはあああ」

菜月の懇願も受け流し、またもや陽一はガツガツと腰を使いだした。

「あああああ」

（おおお、菜月さんのオマ×コが……）

極太を包みこむ牝粘膜の園は、もはやせつなく恥じらう持ち主自身とは、別人格のようだった。

膣のヒダヒダがミミズのようにのたうち回り、暴れるペニスに吸いついて、絞りこんだり啜ったりと、狼藉の限りを尽くしてくる。

「おおお、菜月さん。ああ、オマ×コすごい……前も気持ちよかったけど……前よりもっとすごいです！」

気を抜けばすぐにでも暴発してしまいそうな快さ。

菜月はいやいやと、涙目になって恥じらっているというのに、ペニスに吸いつく肉壺の蠢動ぶりは、それとは裏腹な淫乱さだ。

「そ、そんなこと言わないで。ああ、私、わざとじゃ。だめ、だめえ……」

「菜月さん……」

「そこ擦らないで。擦っちゃダメなの。いやん、困る……ああ、あああああ」

グリグリと亀頭でGスポットを執拗にこじれば、のたうつ未亡人の反応は、またも切迫した気配を色濃くしだす。

陽一は菜月の片足を放した。

縮れた秘毛を生え茂らせる、ヴィーナスの丘へと指を押しつける。

「ひいい、よ、陽一くん⁉」

「ここを押すともっと感じる？　お願い、いっぱい感じて、菜月さん。エッチで素敵な菜月さんを、もっともっといっぱい見せて」

「あああ。ああああああ」

陰毛をグシャグシャと掻き回すようにして秘丘を押し、上からも淫らな圧迫を加えた。

そうしながら亀頭で突き上げ、ざらつく部分を擦りに擦れば、挟み打ちされるかのような強い刺激に、菜月はたまらずよがり声を上ずらせる。

「ああ、か、感じちゃう。そんなにしたらまた出る。もういやあああ」

「潮、噴いちゃう、菜月さん？　いっぱい噴いて。恥ずかしがらないで。そらそら」

またも菜月は、アクメに向かって加速した。

陽一は、そんな未亡人に興奮した。

さらに秘毛を掻き回して恥丘の肉を押しながら、亀頭で抉ってざらつくＧスポットを責め立てる。

「ひいい。意地悪。いやん、見ないで、こんな私。陽一くん、出る出る出るぅ！」

「出して、出して……」

「いやあぁ、そこどいて！　濡れちゃう！　陽一くん、濡れちゃう！　ああああ！」

引きつった声を跳ねあげて、菜月はまたも突き抜ける。

陽一が膣から極太を抜くや、またもキラリと煌《きら》めきながら、水鉄砲のように新たな潮が噴出した。

「うおお、す、すごい……」

陽一は菜月から手を放し、未亡人を自由にさせてアクメの官能を味わわせる。

火照った肉体に荒れ狂う激情は、いかんともしがたいらしい。

菜月は膝を立て、白足袋の爪先を畳に食いこませた。

海老反るように尻を上げ、上へ下へとヒップを振って、なおもブシュブシュと激しく潮を噴き散らす。

「あああ、こんな……こんなことって……ひはあぁぁ……」

「ううっ、すごい……菜月さん。菜月さんの潮のせいで、俺、こんなにビショビショです……」

波打つ動きでぶちまけられる熱い潮は、そのほとんどが陽一の裸身に当たっていた。陽一は天にも昇る幸せな気分で、痴情を貪り獣と化していく愛しい人をうっとりと見下ろす。

「ああ、ごめんなさい……ごめんね、陽一くん……ああ、こんな私……初めて……」

「嬉しいよ、菜月さん。ほんとに嬉しい。ねえ、もっともっとおかしくなって」

「あああ……？」

4

アクメの余韻で痙攣する未亡人の手を取り、今度は四つん這いにさせた。

喪服の合わせ目に指をやり、強引に左右に割り開く。

白い長襦袢の胸元を広げると、ブラジャーに包まれたたわわな巨乳が露わになった。

ブラジャーのファスナーは、乳の谷間にある。陽一はファスナーの引き手を摘《つま》むと、一気に下へとそれを下げた。

──ブルルルンッ！

「あはあぁ……」

ようやく楽になったとでもいうように、ブラジャーの布を押し上げて、たわわな乳房が飛びだしてくる。

跳ね躍る豊乳は、元の位置に戻ろうとする喪服の胸の合わせ目のせいで、いびつな形にすぐにひしゃげた。

「くうう、菜月さん……ああ、たまらない！」

菜月の背後に膝立ちになった。

そして今度はバックから、猛る怒張を菜月の腹の底に一気に埋める。

「ひいん、陽一くん。ああああ……！」

菜月は畳に爪を食いこませ、背筋をたわめて欲望の肉塊を受け止めた。

わっしとヒップを荒々しく摑めば、ゴムボールさながらの柔肉は、すでにじっとりと汗ばんでいる。

「おおお、菜月さん……菜月さん！」

「あああああ」

……バツン、バツン。

陽一は怒濤の勢いで、後ろから乱暴に菜月を犯した。

喪服から露わになった双子の肉尻は、得も言われぬ色の白さと迫力たっぷりのボリューム感を、陽一に見せつける。

リズミカルな動きで股間を叩きつければ、白い尻肌にさざ波が立った。豊満な乳は、喪服の合わせ目からくびりだされたままである。

前へ後ろへと激しく身体を揺さぶられるせいで、惨めにひしゃげた形のまま、たっぷたっぷとせわしなく房を揺らした。

「ああん、いや、ああ、陽一くん、は、激しいの……ひぃ。ひぃいい……」

「感じる、菜月さん？　ねえ、すごく感じてるでしょ？」

「陽一くん、私、恥ずかしい」

「ほんとのこと言って。お願いです……」

「か、感じちゃう……恥ずかしいけど感じちゃう。陽一くん、おかしくなっちゃう」

「おおお、菜月さん！」

いやいやとかぶりを振って恥じらいながらも、菜月は可愛い声で、はしたない本音を口にした。

そんな年上の美女の反応が嬉しくて、陽一はますます雄々しく腰を振り、ぬめりにぬめる肉の洞穴を掻き回す。

「あああ、だめ、いやん、そんな奥まで。ふはあぁ……」

「感じる、菜月さん？」

「お願い、聞かないで……」

「正直に言ってくれないと……」

「——きゃっ⁉」

陽一は菜月の秘唇に突きこみながら、未亡人を抱えて立ち上がった。

それは、思ってもみなかった展開なのだろう。菜月は慌て、パニック気味に足をふらつかせる。

「よ、陽一くん、なに……？　ひいい⁉」

戸惑う未亡人と一つに繋がったまま、仏壇の前に近づいた。菜月は驚いて目を見開き、近づくのをいやがって踏んばろうとする。

「陽一くん、やだ、やだ……あああ……？」

しかし、性器で一つに繋がったまま、力など入れられるはずもない。

獰猛な男の力に呆気なく負けた未亡人は仏壇の前へと押しやられ、左右の縁を摑まされる。

「よ、陽一くん⁉」

「だ、旦那さん、申し訳ありません。ご覧の通りです。俺も……あなたが愛したこの女性を、こんなにも愛しく思っています！」

「ひいいい」

尻から下を丸出しにした、喪服の未亡人を立ちバックの格好にさせた。

改めて腰をガッシと摑むと、突き上げるピストンで秘割れを犯す。

……ぐちょ。ぬちょ。ぐぢゅる。

「ああああ、そんな。いやん、陽一くん。これだめ、だめ……あああ……」

「菜月さん、気持ちいいって言って。旦那さんの前で。私生きてますって。まだまだ私、生きていくんですって」

「陽一くん、ひはあああ」

陽一が繰りだす激しい突きこみのせいで、菜月は尻を突き上げ、爪先立ちにさせられる。

摑んだ仏壇が揺さぶられ、爽やかに微笑む亡夫の遺影が、カタリ、カタリと小刻みに震えた。

（ああ、ますますオマ×コが濡れてくる……！）

遺影の目の前で猛る男根を咥えこまされ、菜月がうろたえているのは明らかだった。しかしそれでも未亡人の膣肉は、せつない気持ちとは裏腹に、さらに蕩けてドロドロになってくる。

「陽一くん、困る……どうしよう……困る！　あああああ……」

「言って、菜月さん。死ぬほど気持ちいいって。旦那さんを、ほんとの意味で安心させて」

「あああああ……あなた……あなたああ……」

堪えがたいほどの官能のせいか、それとも感情が昂ぶってきたのか。未亡人の瞳は潤みきり、この世に二つとない宝石のような輝きを放った。

せつなげに柳眉を八の字にたわめた。

遺影を見つめる美貌には、せつない想いが見え隠れする。

陽一はいっそう激しく腰をしゃくり、膣奥深くまで亀頭で抉った。

「ひいい。ひいいいい」

子宮に深々と肉棒が埋まった。菜月はビクンと女体を震わせ、淫らな快楽に溺れきる。

「ああん、陽一くん、感じちゃう。そんなことされたら蕩けちゃう！」

「言って、菜月さん。気持ちいいって。私生きてますって。生きていくんですって」

「ああああ」

「菜月さん！」

「お、おおおお……あなた……あなたああ」

それは、菜月の声とは思えなかった。涙声にも聞こえた。強すぎる恍惚を持てあましている風にも思える。

仏壇を摑む指に、さらに力が籠もった。喪服の袖がずれ、白い腕が露わになる。

絶え間なく揺れる夫の遺影に、揺らめく視線が吸いついた。

「菜月さん！」

「あああ。き、気持ちいい。あなた、私気持ちいい！ ごめんね、ごめんね、でも、でも……私死ぬほど気持ちいい！」

（おおお、菜月さん！）

とうとう未亡人の朱唇から、陥落の言葉が迸った。怒張を締めつける肉裂も、いっそう淫らに蠕動する。

陽一は腰を振った。息さえ詰めてペニスを抜き差しする。

今にも泣きそうになっていた。しかも怒張は、もはや爆発寸前だ。

——パンパンパン！　パンパンパンパンパン！

「あああ、感じる。感じるう！　あなた、許してね！　この人と生きたいの！　この人と生きて、必ず幸せになりますから！　許して！　許してぇえ！」

「おお、菜月さん、もう出るよ！」

キーンと遠くで耳鳴りがした。

電気がショートするような音がして、白い閃光がチカチカと眼前で明滅する。

「あああ、出して、陽一くん。いやん、気持ちいい。またイク！　イッちゃうぅ！」

「おお、イクよ。うおおおおおおお！」

「おおおおお。おおおおおおおおおっ‼」

とうとう恍惚の極北へと、陽一は一気に突き抜けた。

ビクビクと下半身をわななかせ、峻烈なエクスタシーに溺れきる。

どうやら菜月も、一緒に絶頂に達したらしい。ガクガクと腰を震わせて、一緒に仏壇を激しく揺らす。

カタリと遺影が、仏壇の中で仰向けに倒れた。

「はうう、よ、陽一くん……あああ……」

「ううう、菜月、さん。おおお……」

互いを呼ぶ声は、どちらも震えながらだった。

五回、六回、七回——陽一は心の赴くまま陰茎を脈打たせ、愛しい人の膣の底に、愛の滾《たぎ》りを注ぎこんでいく。

間違いなく、生涯最高の射精だった。

ザーメンと一緒に、魂までもが抜けだしていくかと思うほどだ。

菜月は爪先立ちだった。白い足袋の先を畳に食いこませるようにして、くの字に曲げたもっちり美脚をブルブルと絶え間なく震わせる。

陽一は幸せだった。

菜月もそうであってほしいと、心から願った。

乱れた吐息を二人して鎮めあいながら、陽一と菜月はいつまでも、恍惚の余韻に浸り続けた。

終章

「ねえ、お弁当……食べない？」

「え、もう？　お腹空いたの？」

「それもあるけど……なんか、嬉しくて」

新幹線が動きだすと、さっそく陽一は菜月を誘った。

昼飯時までには、まだ小一時間もある。

しかし陽一は、もう我慢ができなかった。

愛しい人と二人、新幹線の中で一緒に弁当を食べるというただそれだけのことが、何物にも代えがたい、素敵なイベントに思えていた。

「いいわ。じゃあ、食べちゃおうか」

「うん……」

並んで座った二人は、互いに笑みを交わしながら、それぞれの弁当の包みを解く。

陽一は牛肉弁当。菜月は鳥弁当だった。

キャップを開けた緑茶のボトルを菜月に渡され、陽一は笑顔でそれを受け取る。

「二人きりで……またあそこに行けるなんて、思わなかったな」

半分に切られたゆで卵を箸に取り、口へと運びながら陽一は言った。

菜月ははにかんだようにくすっと笑い、

「そうね……」

と箸を動かしだす。

関東の桜は、もうとっくに散っていた。

しかしあの地の桜は、今が満開だと聞いている。

「……あのお寺にも、また行く?」

もしゃもしゃとご飯を頬張っていると、楚々とした挙措で食事をしながら、菜月が聞いた。

「もちろん」

陽一が即答すると、菜月はおかしそうに彼を見る。

「『もちろん』、なの?」

「だって、あのお寺へのお礼参りが、今回の目的の一つでもあるから」

「お礼参り？」

陽一の言葉に、菜月がきょとんとした顔つきになった。箸の先を口に咥えたまま、目を見開いて陽一を見る。

陽一は、そんな菜月にこくりとうなずいた。自分が今、こんな風に最愛の人と幸せにしていられるのは、あの古刹の御利益もあるのではと、真剣に思っていた。

「何をお願いしたの、前の旅行のとき」

「内緒」

「あの時もそう言ってたわね」

「て言うか、大体想像つくでしょ、実際の話」

陽一の突っこみに、菜月は本気で考えこむ顔つきになる。

「あ……」

やがて、ようやく察しがついたのか。首を縮めるようにして、黙々と箸を動かし始めた。うつむく小顔は、見る見る真っ赤に染まっていく。

「綺麗だろうね、あの境内に咲いてるっていう桜」

「そうね……」

陽一がため息混じりに言うと、弁当を食べながら菜月は答えた。

「仏さま、そして茜ちゃん……私たちは、ほんとにいろいろなことに感謝しなきゃいけないのよね」

「そうだね。いろいろな人が、俺の背中を押して応援してくれた……」

ちょっとしんみりとしながら、陽一は菜月に応じた。すると、

「いろいろな人？　茜ちゃんの他にも誰か……？」

「え？　あ……」

素朴な疑問、という顔つきで見つめられ、陽一はうろたえる。

いつかは正直に告白しなければならないと思ってはいるものの、今はまだ心の準備ができていない。

「こ、言葉の綾だよ」

「……どうして赤くなってるの？」

「げふっ」

「きゃっ。だ、大丈夫？」

動揺するあまり、つい弁当が喉につかえた。そんな陽一に驚いて、菜月は慌てて彼の背中をさすりだす。

「ご、ごめんね……。げふっ」

「しゃべらないで。もう、子供みたい……」

菜月は苦笑しつつ、陽一の背中をとんとんと叩いた。

そうした菜月の甲斐甲斐しさに、陽一はほっこりと胸を熱くする。

「でも、どうして赤くなったの？」

「何でもないよ。いつか話す」

「……なんか隠してる」

「隠してないって」

「変な人……」

陽一がごまかし笑いをすると、菜月もくすっと一緒に笑った。

そしてそれ以上、もう何も、菜月は聞かなかった。肩を並べて、幸せそうに弁当を食べる。

恋するカップルを乗せた新幹線は、さらにスピードをあげた。

二人で一つの陽一たちの人生は、新たな物語へと章を進めた。


（了）

●読者の皆様へ

竹書房ラブロマン文庫をご購読いただき、誠にありがとうございます。

読後の感想等お気づきの点がございましたら、おはがきにてお寄せください。おはがきをお寄せいただいた方の中から、抽選で10名様に、プレゼントを贈呈させていただきます。

発表は発送をもってかえさせていただきます。

皆様の率直なご意見を、お待ちしております。

なお、ご応募いただいた方の個人情報を本件以外の目的で利用することはございません。

※本作品はフィクションです。作品内に登場する人物、団体、地域等は実在のものとは関係ありません。

半熟《はんじゆく》未亡人《みぼうじん》

〈書き下ろし長編官能小説〉

平成29年11月6日　初版第一刷発行

著者……………………………………………… 庵乃音人

ブックデザイン……………… 橋元浩明（sowhat.Inc.）

発行人………………………………………………後藤明信

発行所……………………………………株式会社竹書房

〒102-0072　東京都千代田区飯田橋2－7－3

電　話：03-3264-1576（代表）

03-3234-6301（編集）

竹書房ホームページ　http://www.takeshobo.co.jp

印刷所………………………………………凸版印刷株式会社

定価はカバーに表示してあります。

乱丁・落丁の場合には当社までお問い合わせ下さい。


ISBN978-4-8019-1259-5 C0193